さよならの月が君を連れ去る前に

日野祐希

STARTS
スターツ出版株式会社

あいつを守る。支える――。

二年前にそう誓ったはずなのに、結局俺は何もできなかった。

俺が見ている前で、あいつはあきらめたみたいに笑って――ひとりで去ってしまった。

あいつに何があったのか、俺にはわからない。立派なのは志だけで、最後の最後まで何も気づいてやることができなかったから。

情けなくて、不甲斐《ふがい》なくて、涙が込み上げてくる。

ただ、目の前で起こったことを、仕方ないと受け入れることもできなくて……。

自分勝手かもしれない。あいつにとっては、迷惑なのかもしれない。

それでも、こんな終わり方なんて、俺が納得できない。

だから俺は、絶対にあいつを――。

目次

さよならの月が君を連れ去る前に

プロローグ

「――ごめん、大和《やまと》……。わたし、もう疲れちゃった」

展望台の端に立ち、雪乃《ゆきの》は弱々しい笑みで、そう言った。

雪乃の背後には、地球の陰に隠れた赤黒い月が浮かんでいる。皆既月食《かいきげっしょく》を背にしたその姿は、儚《はかな》いのにどこか美しく、俺は思わず息を呑《の》んでしまった。

だけど……今は幻想的な光景に見惚《みと》れている場合じゃない。

幼いころ、いや、赤ん坊のころから一緒に育ってきた幼馴染《おさななじ》み。たとえ何があろうとも守りたいと思った、もうひとりの家族のような存在。

そんな女の子が、すべてをあきらめたような目で、俺のことを見ている。言葉の通り疲れ切った声音で、俺に語りかけている。

目に見えるすべて、耳に聞こえるすべてが、俺の胸を苦しいほどに締めつけた。

「雪乃……。お前、いったい何言って――」

「来ないで！」

すがるようにつぶやき、歩み寄ろうとした俺を、雪乃は鋭い声で制した。はじめて受けた、こいつからの完全なる拒絶だ。踏み出しかけた右足が、金縛《かなしば》りにあったかのように止まる。

俺が足を止めたことを見て取り、雪乃は安心したようにほほ笑んだ。

「……もう、時間ね」

雪乃の視線が、俺の斜め後ろに向かう。そこには時計塔があるはずだ。時刻を確認した雪乃は、俺の方を向いたまま一歩下がり、転落防止用の柵に寄りかかった。

瞬間、嫌な予感が俺の中を駆け抜ける。取り返しのつかないことが起こりそうな、震えるほどに鳥肌が立つ感覚だ。背中から冷や汗が噴き出し、顔から血の気が引いたのがわかった。

「本当は、ひとりでこのときを迎えるはずだったのに……。あんたは、なんでわたしを見つけちゃうかな……」

決心が揺《ゆ》らいじゃったらどうするのよ、と雪乃は再びあきらめ切った顔で笑う。そして、空を見上げるように、柵を軸にして体をそらした。崖下から吹き上がる風が、雪乃の長くてやわらかい髪を揺らす。

「ゆ……きの……」

強烈な寒気に奥歯をカチカチと鳴らしながら、名前を呼ぶ。

雪乃はもはや俺の方を見ることもなく、まるで独り言のように空に向かってつぶやいた。

「こんなことに立ち合わせちゃって、本当にごめん。でも、こうするしか方法がないの。わたしは……結局勝てなかった」

「勝てなかったって、誰にだよ。お前、何言って……」

「あんたが知る必要はない。あんたは……何も気にしなくていい」

強い意志と俺への思い遣《や》りがこもった口調で、雪乃が会話を打ち切る。

同時に、狙い澄ましたかのようなタイミングで一陣の風が吹き、俺は目をすがめた。

「じゃあね、大和。さようなら」

まるで家の前で別れるように気楽な挨拶《あいさつ》が、俺の鼓膜を震わせる。

――それは、本当に一瞬の出来事だった。

俺が目をすがめたその瞬間、地面を蹴った雪乃の体が柵を軸にして回転し、その先にある崖の方へと傾いていった。

「雪乃！」

意識するよりも早く、腹の底から叫び声が出ていた。

助けようと足に力をこめ、手を伸ばすが――数メートルの距離があっては届くはずもない。俺の手の先で、雪乃の体が崖の向こうに消えていく。

脳が異常な動作を起こしているのか、頭が熱い。音が消え、目に映る光景がコマ送りのようにスローモーションになっている。

そんな中で、皆既月食を背景に落ちていく雪乃の姿を、俺は涙に歪《ゆが》む視界でとらえ続けた。

「ゆ……！」

雪乃の姿が視界から消えたところで、正常な時間が刻まれ始める。間髪《かんぱつ》置かずに、崖下から何かが壊れる音がした。

力が抜け、震え始めた足でよろよろと崖に近づく。

やめとけばいいのに、俺は柵から身を乗り出し、持っていた懐中電灯で崖の下を照らした。

丸い光が照らす中、俺が目にしたのは……月よりも赤黒い血の海に沈む、変わり果てた幼馴染みの姿だった――。

第一章　七夕の夜に

1

　カーテンのすき間から差し込んだ朝日が、まぶたを刺激した。閉じていても目に刺さるその光が、俺の意識を急速に浮上させていく。

「う……ん……」

　喉の奥から絞り出されたうめき声とともに、俺はまぶしすぎる光から逃げるように寝返りを打った。

　夏の太陽は、朝から容赦ない。まだ七月上旬だというのに、カーテンのすき間から差しているとは思えない圧倒的な光量と熱量で、こちらの安眠を妨害してくる。

「………。だ〜、くそ！　暑い！」

　二度寝をあきらめ、再び寝返りを打って仰向けになり、ベッドの上で大の字になる。暑さを自覚した瞬間、全身から汗が噴き出てきた気がした。

　これだから、夏の朝は好きになれない。このうだるような暑さは、もはや太陽からのいじめだと思う。これから数か月に渡ってこんな朝が続くかと思うと、それだけで気が滅入《めい》ってくる。

　最終的には目覚ましアラームに起こされるわけだから、それまでは心安らかに寝かせておいてほしい。それくらいのワガママは、許されてもいいと思うんだけどな。

そんなことを考えていたら、〝じゃあ起こしてやろう！〟と言わんばかりに、枕もとでスマホのアラームが鳴り始めた。

「はいはい、もう起きてますよ～」

誰に対して言っているのかわからない返事をしながら、スマホのアラームを切る。

スマホの画面には、【7月7日　6：20】と表示されていた。

大きなあくびをして、のそりと体を起こす。心なしか、体が重い。

当然か。カレンダー通りなら、今日は本来休みであるはずの日なのだから。

今日はこれから、土曜日にもかかわらず学校で模試を受けなければならないのだ。つい三日前に期末テストが終わったばかりだというのに、これでは気が休まるヒマもない。学校側としてはそれが狙いなのかもしれないけど、もう少し配慮があってもいいと思う。

「さっさと準備すっか……」

ため息交じりに頭をバリバリとかきながら、とりあえず朝飯のメニューを考える。

今、この家には俺ひとりしかいないんだ。岩石を研究する地質学者の両親が、一週間前から毎年恒例のフィールドワークに出ているから。いつもは勤めている大学の夏休み期間に行くんだけど、今年は〝サバティカル〟とかいう研究用の休暇をもらったらしく、一か月前倒しで出掛けていった。「八月半ばまで帰らん！」とのことだ。

そんなわけで、今は家の中のことを全部俺がやらなくちゃいけない。もちろん、食事の準備も。

とりあえず制服に着替えたら、まずは顔を洗うために洗面所へ行く。鏡に向かうと、眠そうなせいで人相《にんそう》が三割増しで悪くなった自分と対面した。

ナチュラルといえば聞こえはいいけど、実際は無造作にとかしてあるだけの黒髪。やや日に焼けた、これといって特徴らしい特徴のない顔立ち。まごうことなき、十七年近く見慣れた俺の顔だ。

ふと気まぐれに、鏡の前でさわやかさを意識してほほ笑んでみるが……うん、にやにやしている顔が普通にキモい。

おとなしく真顔に戻って、それほど冷たくもない水を顔に引っかける。たいして気持ちよくもないけど、それでも目ははっきりと覚めた。

顔やら意識やらがさっぱりしたら、キッチンで朝食の用意をする——ことはせず、俺は通学カバンを持って家を出た。玄関のドアを開けると同時に、蝉《せみ》の大合唱と熱気が俺の体を包み込んだ。

一応言っておくけど、朝食を抜くことにしたとか、コンビニで済ませることにしたとか、そういうことじゃない。ただ、うちのキッチンでは朝食を作らないというだけだ。

〝連城《れんじょう》〟という表札がついた門扉《もんぴ》をくぐり、家の前の道路に出た俺は、そのまま隣に建つ一軒家へ入る。同じ建売り分譲《ぶんじょう》住宅なので、外観は我が家とそっくりだ。太陽から逃げるように玄関先にたどり着いた俺は、家主から預かっている合鍵《あいかぎ》を使って家の中に入った。

家に上がり込むと、うちとまったく同じ造りのキッチンに直行し、慣れた手つきで冷蔵庫を開ける。今朝は洋食の気分なので、朝食のメニューはピザトーストとカットしたバナナを入れたヨーグルト、スクランブルエッグとウィンナーに昨晩の残りのポテトサラダだ。あとは彩りにプチトマトも加えておく。

「うっし！　完成っと」

それをふたり分用意し、ひとり分を冷蔵庫へしまって、朝食と書いたメモを貼りつける。それができたら、自分の分をリビングに運んだ。

テレビをつけ、朝のニュース番組を流しながら、でき立ての朝食を平らげていく。

我ながら、今日も上手にできました！

――なんて、自画自賛《じがじさん》をしていたときだ。

《続いては、こちらの話題です。今月二十八日に迫った皆既月食！　各地の天文台では、夏休み期間中の天体ショーとあって、観測イベントに申込者が殺到しているよう

です！》

テレビで女性キャスターが、ハキハキとニューストピックを読み上げる。

つられてテレビに目を向けると、映像が切り替わって赤黒く陰《かげ》った月が映し出された。

瞬間、俺は食べたばかりの朝食を吐きそうになり、あわててテレビを消した。動悸《どうき》が激しくなった胸を押さえ、全力で走ったばかりのように荒い息をつく。

「……っ。んっ……。……危ねぇ。マジで吐くところだった……」

おさまってきた動悸と吐き気にほっとしつつ、ソファーに深く座って息を整える。

朝からひどい目にあった。あの番組と女子アナが悪いわけじゃないってわかっているけど、ちょっと勘弁してほしい。

「……おはよ、大和」

俺が恨みがましい視線を黒い画面に向けていると、静かになったリビングに寝ぼけた感じの声が響いた。

声のした方に振り返ると、痩《や》せ気味のちっこいやつが、目をこすりながらこっちを見ていた。

「おっす。なんだ雪乃、今日はえらく早起きだな」

「ん……。ちょっとあんたに用あったから……、起きて……。…………」

しゃべっている途中で、立ったまま寝やがった。だから夜更かしはほどほどにしろって、いつも口をすっぱくして言ってるのに……。

こいつは、真上《まかみ》雪乃。赤ん坊のころから一緒に育ってきた同い年の幼馴染みで、この家の主だ。顔立ちはいいのに、伸ばし放題でボサボサの髪にネット通販で買ったダボダボのスウェット姿、化粧っ気とは無縁なすっぴん顔という、ちょっと残念な出で立ちの女である。

ちなみにこいつ、現在は高校に進学せず、絶賛引きこもり中。この二年間、一度も家から出ていない。

よって、食材の買い出しなんかは、ずっと俺がやっている。ついでに炊事洗濯掃除も……。俺がこの家の合鍵を持っていて、こっちで朝食を作ったのも、これが理由だ。

おかげで俺の家事スキルは、この二年でメキメキ上昇。ありがたくないことに、今や母親から花嫁修業免許皆伝と言われるまでになった。

「おーい、雪乃。起きろー。こんなところで立ったまま寝たら、怪我するぞ」

「……むぅ」

頬を軽く叩いてやったら、ようやく少しだけ目を開けた。けどこれ、またすぐに寝そうだな。

「とりあえず顔洗ってこいよ。それと朝飯はどうする？　すぐ食うなら、用意するぞ？」

「ごはんはいい。あとで食べる。顔も……べつにいい。用件言ったら、すぐ寝るし」

「さよか。なら、用件とやらをさっさと言ってくれ」

登校までそんなに時間もないので、急ぐように促す。

すると雪乃は、のっそりした動きでふたつ折りにしたメモ用紙を差し出してきた。

ひとまず受け取っておく。

「……よろしく」

「──って、おい！　それだけかよ！」

雪乃はメモを渡しただけで、のそのそとリビングから出ていった。説明などは一切なし。眠いからって、手抜きしすぎだろ！

ともあれ、ひとまずメモに目を通す。どうやら昨日の夜のうちに用意してあったようで、しっかりとした文字で用事とやらが書いてあった。内容は……ちょっとしたおつかいだ。

「はいよ、了解」

雪乃が上がっていった二階に向かって、苦笑のまま返事をしておく。

メモを制服のズボンにしまった俺は、食器を洗って歯を磨き、リビングのソファーに置いてあったスクールバッグを手に取った。

「そんじゃあな、雪乃。行ってきます！」

返事がないのはわかっているが、雪乃に呼びかけて真上家をあとにする。

時刻は朝八時を回ったところだというのに、空を見上げれば太陽はかなり高い位置で輝いている。まだ梅雨《つゆ》は明けていないはずだけど、雨どころか曇りになる気配さえない。

《今月二十八日に迫った皆既月食！　各地の天文台では——》

うちに戻って車庫から自転車を取り出していたら、ふとさっき聞いた女性キャスターの声が頭をよぎった。

「あと、三週間か……」

空を見上げながら、ぽつりとつぶやく。同時に、喉の奥がうずいてきた。

それ以上考えるのをやめた俺は、普段より軽いスクールバッグを自転車のカゴに放り込み、陽炎《かげろう》立つ道へと漕《こ》ぎ出した。

天根《あまね》市立山住《やまずみ》高校。俺の家から自転車で十五分ほどのところにある公立校で、俺が通う高校だ。偏差値《へんさち》は市内の進学校の中では真ん中よりやや上といったところか。取り立てて特徴はないけど、進学校のわりに自由な校風が売りの学校だ。

青々とした木の葉が茂る桜並木を自転車で通り抜け、校門をくぐる。運動で火照《ほて》った体に当たる風が心地いい。

徒歩通学の生徒の間を縫《ぬ》って、駐輪場の方へ自転車を走らせていく。今日の模試は全学年が受けるものだが、三年生は半年後の受験本番を見据えて近くの大学へ行っている。おかげで、駐輪場はいつもよりも空《す》いていた。

寄り道していたので予鈴五分前に教室へ入ると、そこはクラスメイトたちによる雑多な声に満ちあふれていた。

入り口付近の男子集団と軽く挨拶を交わしながら、自分の席まで行く。俺の席は、窓際の前から五列目。この時期は太陽からの容赦ない光と熱にさらされるので、昼間はかなり地獄だ。早く席替えしたい。

机にスクールバッグをかけながら、なんとなく耳を澄ましてみる。

眠い。六日目の朝はきつい。テストのあとにすぐテストとか、ありえねぇ。一日休んでまた学校なんて、やってらんねぇ。その他もろもろ。

聞こえてくるのは、土曜日登校と模試に対するグチばっかりだ。

俺も起き抜けに似たようなことを思ったし、やっぱりみんな、考えることは同じか。進学校とはいえ、受験までまだ一年以上ある二年生の身の上では、直接成績に響かない模試にそこまで真剣にはなれないもんな。

席で頬杖《ほおづえ》をついてそんなどうでもいいことを考えていると、不意に頭の上に影ができた。

「おい、大和！　朝から何を辛気くせぇ顔してんだ」

「無言で何度もうなずいているとか、かなり不気味よ」

声につられて顔を上げる。両方とも、聞き覚えがありすぎる声だ。そこには予想通り、よく見知った男女の顔があった。

「おはよう、洋孝《ひろたか》、夏希《なつき》」

「ウィッス！」

「おはよう、大和」

洋孝はノリよく、夏希は軽くほほ笑みながら、挨拶を返してきた。

こいつらは、碓氷《うすい》洋孝と久野《くの》夏希。一、二年ともに同じクラスで、いつも俺がつるんでいる連中だ。

洋孝とは、この学校に入学してからのつき合いだ。何がきっかけだったのかは覚えていないけど、なんとなく話すようになり、いつの間にかつるむようになっていた。たぶん、どこかで馬が合うんだと思う。

よく日に焼けた肌に、がっしりとした体格、すっきりとした短髪と、この男はさわやかスポーツマン然とした風貌《ふうぼう》をしており、ノリもかなり体育会系だ。その見た目通り運動神経も抜群で、背だって一七〇センチの俺と比べて頭半分くらい高い。ただ、部活に縛られる生活は性《しょう》に合わないらしく、本人は自由気ままに帰宅部をやっている。

加えて底抜けに明るい性格なので交友関係も幅広く、青春リア充街道まっしぐらといった男である。

対してもうひとりの友人である夏希は、小学校六年のころからの腐れ縁だ。雪乃とも親友で、中学のころは三人で一緒にいることも多かった。

ちなみに見た目は、肩のあたりで切り揃えた髪とナイロールの眼鏡が特徴の、いわゆる〝知的な美人〟というやつだ。

実際、夏希は昔から頭がいい。その学力は、山住高校どころか県内一の進学校でだってトップ争いができるレベルだ。全国模試でトップ一〇〇に入ったこともある。

その上スタイルも抜群にいいので、男子からは高嶺《たかね》の花的な憧れの存在となっている。そして一緒にいることが多い俺は、たまにその男どもから刺すような視線を向けられる。そのうち本当に刺されるんじゃないかと、ちょっと心配。

ともあれ、こいつらは揃って別方向に目立つふたりというわけだ。

何気に俺、人の縁には恵まれている気がする。このふたりが近くにいるおかげで、本来なら地味な俺もクラスの背景にならずに済んでいるし。

「……さっきからどうしたの？　まじまじと私たちの方を見て」

無言でふたりを見上げていたら、夏希から訝《いぶか》しげな視線を向けられてしまった。

「いや、べつに。お前らがいると、いろいろ助かるな〜って思ってさ」

「は？　朝から何寝ぼけたこと言っているの？　そんなんだと、模試で偏差値落とすわよ」

わりとまじめに答えたつもりだったのだが、夏希に呆《あき》れられてしまった。

実際、本当に助かってんだけどな。こいつらとだべっていると、余計なことを考えないでいられるし……。気持ちを伝えるのって、難しいもんだ。

あと、ため息をついて首を横に振っているだけの動作なのに、夏希がやると妙に様になるな。さすがは美少女優等生。

そして洋孝は、深く考えることなく「そいつはよかった！」と笑っている。

こいつのいい意味で大らかなところは、同性の俺から見ても好ましい。……大らかすぎて宿題の期限をぶっちぎりまくり、俺に泣きついてくるところが玉に瑕《きず》だが。

「まあいいわ。それよりも大和、今日の放課後、時間ある？　洋孝と、帰りに『ミルキーウェイ』に寄っていかないかって話していたの」

「今日、七夕《たなばた》じゃんか。今朝、あの店の前を通ったら、今日は特別サービスやるって看板が出ててさ。なんと、短冊に願い事を書いたら、タダでスコーンがもらえるんだと！　こりゃもう、行くっきゃねぇだろ!?」

机に手をついた夏希と洋孝が、声を弾ませながら口々に言う。ふたり揃って俺のところに来た理由はそれか。

夏希たちが言うミルキーウェイってのは、天根駅の近くでひっそりと開いている喫茶店だ。知る人ぞ知る隠れた名店で、高校生にも優しい値段でおいしいコーヒーやデザートを味わえる。アンティーク調の内装もおしゃれで、俺ら三人の行きつけの店だ。あそこのスコーンがサービスでもらえるというのは、確かに魅力的だ。

「……あ〜、すまん。今日は用事あるから、俺はパスしとくわ。ふたりで行ってきてくれ」

ただ、俺はふたりに詫《わ》びながら、その誘いを断った。後ろ髪を引かれまくるけど、先約があるので仕方ない。

俺が断ると、夏希がおもしろくなさそうな表情を見せた。ノリが悪いと言いたげだ。

「まったく、もう……。相変わらず、ノリが悪いったらありゃしない」

と思ったら、その通りに言われた。こういうときだけは以心伝心《いしんでんしん》だな。素直になんでも言えるのは夏希の美点だけど、できればもう少しオブラートに包んでほしい。

ちなみに洋孝の方は、俺の「ふたりで行ってきてくれ」発言に、まんざらでもなさそうな表情を見せている。

何を隠そう、こいつも夏希に惚れている男のひとりなのだ。性格に似合わず意外と奥手なために告白はしていないが、正真正銘《しょうしんしょうめい》ベタ惚れである。

なお、本人は俺以外にはバレていないつもりらしいが、感情が表情に出やすいからクラスメイト全員が知っている。唯一こいつの好意に気づいていないのは、惚れられている夏希本人だけだろう。

今も夏希は洋孝の幸せそうな表情に一切気づかず、呆れた顔で俺の方を見ていた。

「それで、〝用事〟って、また雪乃関係？」

「まあな。今朝、頼まれちまって」

頬を人差し指でかきながら、苦笑交じりに正解と告げる。

それで夏希はあきらめてくれたのか、「はいはい、ごちそうさま～」と投げやりに言いながら、手をひらひらと振った。どうでもいいけど、のろけ話でも聞いたかのような反応をするのはやめてほしい。

「雪乃ちゃんって、あれだろ？　大和の幼馴染み。本当にマメだよな、大和は。甲斐《かい》甲斐《がい》しいっつうか、なんつうか」

「こういうのは、単に尻に敷かれているって言うのよ。本当に、すっかり雪乃の忠犬ポジションが板についちゃって……。情けないったらありゃしない」

「いやいや夏希よ、そこはあれだろ。大和としては、上に乗られたその重みがまた気持ちいい的な？　たとえ尻に敷かれようとも、頼りにされることに喜びを感じるん

「それって、ただのドMじゃない。本気でそんなこと思っていたら、ちょっと引くわ」

だって」

「……さっきからお前ら、言いたい放題だな！」

黙って聞いていれば、好き勝手言ってくれやがって。

とくに夏希、誰が忠犬でドMだ！　俺は雪乃のペットじゃねぇ！

あと洋孝も、〝オレはわかってるぜ！〟的な理解者面《づら》でサムズアップしてくるな。

その親指へし折るぞ！

さっきの「いろいろ助かるな～」ってやつ、取り消す。こいつらといると、余計なことを考えるヒマもないくらい疲れる！

「ともかく！　そういうわけで、今日は無理！　わかったか！」

「はいはい、わかりました。あなたは、心行くまで雪乃の尻に敷かれてきなさい。ミルキーウェイのスコーンは、私と洋孝のふたりでいただいてくるから」

「マジでか！　よっしゃ!!」

夏希の仕方ないといった感じのセリフに、洋孝が人目も憚《はばか》らずガッツポーズを決めた。つい数十秒前まで人をおもちゃにしていたことも忘れて、幸せ絶頂の喜色満面《きしょくまんめん》だな。本当にわかりやすいやつだ。

けどな洋孝、今のお前、夏希への好意がだだ漏れだぞ。ここまで露骨《ろこつ》だと、さすがにバレるんじゃないか？

夏希の様子を、そっとうかがってみる。

「あら、意外ね。洋孝、そんなにスコーン好きだったんだ」

うん、普通に大丈夫そうだな、これ。洋孝が喜んでいる理由を、明後日の方向に勘違いしていた。心配して損した。

にしても、なんなんだろうな、この優等生。ヒロイン特性みたいものを兼ね揃えているくせに、鈍感さだけはラブコメの主人公並みだ。ここまで露骨にしても気づいてもらえんとか、逆に洋孝が不憫《ふびん》に思えてきたぞ。

と、そんな漫才じみたやり取りを見ている間に、本鈴のチャイムが鳴った。

チャイムが鳴り終わると同時に教室へ入ってきた担任が、「席に着け～」と言いながら、教壇《きょうだん》に立つ。

ガヤガヤと騒いでいたクラスメイトたちも、そそくさと自分の席に着いていった。

俺たちの雑談も、ここで打ち切りだな。

「じゃあね、大和。またあとで。洋孝も」

「おう。お互い頑張ろうぜ」

俺が応えると、夏希はトリップしたままの洋孝を放置して、軽く手を上げながら足早に去っていった。

これからテストだというのに、余裕さえ感じられるな。

まあ、あいつの実力なら当然か。本当に、なんでこんな中途半端な進学校にいるのか、不思議でならない。

「——ああ、模試か……。なんでこの世には、模試やらテストやら余計なものがわんさかあるのかな……。神様は、そんなにも俺を補習漬けにしたいのか」

一方、いつの間にか現実に戻ってきたらしい洋孝は、力なく天を仰いでいた。担任が来たことにも気づいていないのか、自分の席に戻ろうとする気配さえない。

こいつの学力は、テストの度に赤点ラインのギリギリ上を低空飛行しているレベルだからな。期末と模試のダブルパンチで、相当こたえているのだろう。

ちなみに俺の学力は、どうにか平均点レベルを保っているので、まだ大丈夫！

「文句言うなよ。いいじゃないか。それが終われば、楽しい放課後が待っているんだからさ。それに、模試に赤点はないから補習もないぞ。——あと、席戻れよ」

「あ、そっか。補習ないじゃん！　ラッキー！」

俺がフォローしてやると、洋孝はうれしそうに笑い始めた……その場で。席戻れって部分、聞いちゃいないな。

「んじゃ、サクッと片づけられて、放課後に備えるか！」

「いや、〝片づけられて〟ってお前……。そこは嘘でも〝片づけて〟って言えよ」

「おいおい大和〜、あんまりオレを見くびるなよ。相手はこの間の期末テストよりも難しい模試だぜ？　やつらの手にかかれば、オレなんて速攻で一捻《ひとひね》りだ。抵抗するヒマもないくらい瞬殺だぜ！」

洋孝がとても男前な顔で、びっくりするほどへたれたことを言いやがった。

ある意味名言だな。すっかり自分の席に着いたクラスメイトたちが、尊敬の眼差しで洋孝を見ている。こいつ、将来かなりの大物になるかもしれない。

ちなみに洋孝の意中の人であるところの夏希だけは、呆れた様子で首を振っている。残念だったな、洋孝。

そんな妙に静まり返った空気の中、大きな咳払《せきばら》いが教壇の方から響いた。洋孝と揃って教室前方へ目を向ければ、担任が微妙な表情でこちらを見ていた。

「チャイムが聞こえなかったのか。くだらないことを言ってないで、お前もさっさと席に戻れ、碓氷。話が始められん」

「あれ？　先生、いつの間にそんなところに。気配殺して教室に入ってくるとか、先生もやりますね。全然気づかなかった！」

洋孝が無邪気な笑顔で、担任に「ナイスです！」とサムズアップしてみせる。さっきも俺に向かってやってきたが、これはこいつの癖《くせ》のようなものだ。一日に最低でも五回くらいやっている。

一方、洋孝からお褒めの言葉をもらった担任は、少し後退気味の額に手を当てて、ため息をついていた。……ちょっとかわいそうに思えてきた。

「お前、そろそろおとなしく席に戻れ。その、なんというか……気の毒だ」

ちらりと先生にいたたまれない視線を送りながら、洋孝に促す。

「おう、そうだな！　んじゃな、大和」

俺の言葉の意図を読み取ったわけではないだろうが、洋孝はさわやかな笑顔を残して去っていった。自分は空気読めないくせに、周囲には「仕方ないな」と思わせる空気を作ってしまえるところが、あいつらしい。

ともあれ、洋孝が席に戻る間に、担任も心を切り替えることができたようだ。よどみなく、模試の時間割や注意事項を伝えてくる。

それを聞きながら、俺は手早くテストを受ける準備をした。

2

窓から見える太陽は、まだ高いながらも南から西の空に傾いてきている。

時刻は午後三時十五分。最後の教科である国語の終了まで、残り十分だ。試験中のため声はないが、誰もができる問題を大体解き終え、どこかふわっとした空気が流れている。担任も六日連続勤務の疲れが出ているのか、眠そうな顔であくびをしながら試験の監督をしていた。

学生になってから何度となく経験してきた、妙に気がゆるむ間だ。俺も大多数のクラスメイトたちと同じく肩の力を抜きながら、窓の外を眺め――。

「――ッ！　……くそ」

唐突に襲ってきためまいと不快感に口もとを押さえて、誰にも聞こえないほどの声でうめきを漏らした。

朝もそうだったが、最近患った発作だ。

赤黒く染まった月。薄闇に染まる空。――の疲れ切った笑顔。見えない時計。風にあおられて宙に広がる長い髪。血の海に沈む……変わり果てた――。

いくつかのイメージが俺の頭の中を揺さぶり、三半《さんはん》規管《きかん》をマヒさせる。手足の先が冷え、椅子に座ったまま平衡感覚《へいこうかんかく》を失い、車酔いでもしたみたいに猛烈な吐き気に襲われる。そして、激しい動悸の苦しさで、全身に嫌な脂汗が浮かんだ。

……完全に油断していた。

発作と言っても、俺のそれは体の不調じゃない。もっと精神的なもの——嫌な記憶のフラッシュバックだ。情けないことこの上ない話だが、ぼんやりして思考停止状態になったりすると、無意識にとある記憶を思い出してしまうのだ。寝ているときに夢に出てくることもあるから、たまったものではない。

とりあえず気を強く持つことでフラッシュバック自体は打ち消せたけど、頭に残る嫌な感じは消えない。

こういうときは、なんでもいいから別のことを考えていた方がいいだろう。ひとまずは目の前の模試のことでいいか。

大きく深呼吸し、机の上に置かれた問題冊子と裏返した解答用紙へ目を落としながら、今日一日のテストを振り返る。

模試の出来は、どの教科もぼちぼちだった。前回のときに本腰を入れて復習していなかったことで、今回も似たり寄ったりの出来になったと思う。

気がかりがあるとすれば、英語のリスニングがいまいちだったことか。なんだかリスニングについては、前よりも少し悪くなった気がする。英語の聞き取りはどうにも苦手だ。このままだと受験本番で足を引っ張りそうだし、ちょっと本腰を入れて鍛《きた》えた方がいいかもしれない。

……よし、いい感じだ。だいぶ持ち直してきたぞ。

この勢いのまま、前方——洋孝の方へ目を向ける。俺の三列前に座る洋孝は、開始一時間も経たないころから頬杖をついて居眠りを始めていた。大胆なことだ。あいつのことだから、おそらくわからない問題はすべてスッパリあきらめたのだろう。「部分点なんぞ要らん！」と言わんばかりの思い切りのよさは、ある意味尊敬する。

一方、俺の右斜め前方、廊下側最前列に座る夏希は、解答の見直しをしているみたいだ。横顔を見るに手応えありって感じだから、今回はかなりの好成績を叩き出すかもしれないな。

「……よし。こんなところか……」

小さなつぶやきを漏らしながら、ほっと一息つく。

矢継ぎ早にいろいろ考えたおかげで、気分の悪さはほとんど消えた。平常運転だ。あまりうれしくないことだけど、発作への対応もこの一週間でだいぶ慣れてきた。

同時に時計が三時二十五分を差し、教室に試験終了のチャイムが鳴り響いた。

「そんじゃあな、大和。お勤め、頑張れよ～」

「雪乃によろしく言っといてね、忠犬ヤマ公」

「お勤めじゃねぇよ。それと忠犬でもねぇっての！　いい加減怒るぞ、夏希！」

別れの挨拶代わりに俺をイジりながら去っていく洋孝と夏希を、文句交じりに見送る。あいつら、顔を合わせる度に俺をからかわんと気が済まんのかな。おそろしく迷惑な話だ。

もっとも、このふたりは俺からの文句なんてどこ吹く風だ。軽く聞き流して、さっさと教室から出ていきやがった。……覚えてろよ。

「にしても洋孝のやつ、顔面ゆるみまくりだったな。浮かれすぎて、下手なボロを出さないといいが……」

スクールバッグに筆記用具を放り込みながら、さっきの洋孝の顔を思い出して笑う。夏希とふたりで喫茶店へ行くだけだというのに、この世の春というか、呆れてしまうくらい幸せそうな笑顔だった。あれ、絶対にいくつかやらかすぞ。その上で、夏希に無自覚スルーされる姿が目に浮かぶ。

「——っと、やばい。俺もそろそろ行かねぇと」

洋孝たちのコントじみたやり取りを想像して、気色悪い笑顔を浮かべている場合ではない。教室の掛け時計に目をやり、急いでスクールバッグをつかむ。

今日の雪乃の用事は、ちょっとした肉体労働だ。道具も必要だから、一度家に帰って準備しないといけない。夏で日没が遅くなっているとはいえ、それなりに急いだ方がよさそうだ。

人がまばらな校舎を足早に通り抜け、駐輪場に向かう。

自転車にまたがった俺は、まだ西日が厳しい通学路を進んでいく。少し急ごうと思って立ち漕ぎをしていると、西日にあぶられた体から、あっという間に汗が噴き出してきた。制服が体に張りつく。軽く息が上がるころ、ようやく家が見えてきた。

「ただいま」

玄関で靴を脱ぎながら、口をついて言葉が出てくる。誰もいないとわかっているのに、なんでいつも言ってしまうかな。不思議だ。

くだらないことを考えながら、Tシャツとジーンズというラフな格好に着替える。そうしたら玄関まで戻り、折り畳み式ののこぎりと軍手、虫よけスプレーを紙袋に詰めた。

これら三点セットを持って向かうのは、家のすぐ近くにある寺だ。敷地に入ると、ちょうど住職《じゅうしょく》さんが掃き掃除をしていたので、挨拶がてら声をかけた。

「こんにちは！」

「ん？　ああ、連城さんとこの……。はい、こんにちは」

俺が頭を下げると、人のいい住職さんは柔和な笑みを浮かべて挨拶を返してくれた。

両親の代わりに参加する町内会の奉仕活動なんかで会う機会も多いから、この住職さんとはすっかり顔馴染みだ。おかげで今回のお願いも頼みやすかった。ご近所づき合い、すごく大事。

「今朝、お願いしていた件で来たんですけど」

「ああ、裏の竹だよね。十本でも二十本でも、好きに取っていっていいよ」

「いや、細いやつ一本で十分ですから。それじゃあ、ちょっと失礼します」

住職さんへもう一度頭を下げて、寺の裏手に回る。寺の裏にはお墓があり、その奥には小さな竹林があった。今日の目的地だ。

もはや言うまでもないかもしれないが、ここに来た目的は単純明快《たんじゅんめいかい》、七夕飾り用の笹《ささ》の入手だ。今朝、雪乃が渡してきたメモに【今夜、七夕やる。笹一本用意して】と書いてあったので、学校へ行く前にちょっと回り道をして、住職さんに一本くださいと頼んでおいたのだ。

家から持ってきた虫よけスプレーを全身に吹きかけて、竹林の中に入る。たぶん二階のベランダに飾るんだろうから、立派な竹ではなく小さな笹で十分だろう。長さが二メートルもないくらいで、太さは一～二センチくらいがベストかな。

「お！　これなんか、いいんじゃねぇか？」

もともとそんなに広くない竹林だ。ものの数分で見て回ることができ、条件にぴったりの笹も見つかった。

軍手をはめて、のこぎりでギコギコと笹を切る。親指程度の太さしかない笹は、俺でもすぐに切り落とすことができた。

「さてと！　そんじゃあ行くか」

無事に目的の笹を手に入れた俺は、意気揚々《いきようよう》と竹林をあとにした。


住職さんにもう一度お礼を言って寺を出た俺は、ひとまず軍手やらのこぎりやらをうちの玄関にしまい、そのまま隣の家の門扉をくぐった。

玄関の靴箱に笹を立てかけた俺は、奥に向かって「雪乃！」と呼びかける。しばらく待っていると、二階から雪乃が眠たそうに目をこすりながら降りてきた。

「なんだ、お前。昼間から寝てたのか？」

「うっさいな……。さっきまで勉強してたけど、あんたがなかなか来ないから、待ちくたびれて眠たくなっちゃったんじゃない」

雪乃がぶすっとした表情で、俺をにらみつけてくる。半分以上寝ていた朝と違って意識がはっきりしているから、俺に対する内弁慶《うちべんけい》っぷりも平常運転だ。

一緒に育ってきたせいか、この幼馴染み、俺に対しては言動から何から容赦がないんだよ。今朝みたいに、いきなり変な要求してくることもあるし。そのくせ、昔から外ではいつも俺の陰に隠れる人見知りっぷり。なんというか、なかなかなつかない生意気な家猫のようなやつなんだ。

まあ、根は素直ないいやつなんだけどな。ただ、とことん不器用で恥ずかしがり屋で、感情をうまく表現できないってだけで……。そんで、周囲につっけんどんな態度を取ってしまうだけで……。でなければ、俺も幼馴染みという理由だけで、ここまで世話を焼いたりしない。

それに雪乃が引きこもりなのも、ある意味では仕方がないことだったりする。

こいつ、今でこそダメ人間だけど、中学時代までは学業において神童と呼ばれたほどの才女だったんだ。その学力たるや、あの夏希をも上回っていたほどだから、相当なもんだろう。

そもそも夏希が俺たちとつるむようになったのだって、小六のときにテストで雪乃に挑んで返り討ちにされたことがきっかけだしな。以来、雪乃と夏希は何度もテストで勝負を繰り返したが、両者満点の引き分けを除いて、すべて雪乃の勝ちだった。

ちなみに余談だけど、この才女、引きこもった今も勉強だけはしっかり続けていて、すでに有名国立大に入れるレベルの学力は有している。夜更かし上等な根っからの勉強フリークなんだ。趣味が勉強なんてやつ、俺はこの幼馴染み以外に知らない。夏希は微妙なレベルだが。

そして何を隠そう、こいつは俺の家庭教師でもあったりする。家事を引き受ける報酬代わりに、勉強の面倒を見てもらっているんだ。俺が高校で平均レベルの成績を維持できているのも、こいつの指導あってこそだ。

とまあ、そんなふうに雪乃は勉学最強だったんだけど、その才能がこいつに与えたのは、恩恵《おんけい》だけじゃなかったんだ。いや、雪乃からしたら、この才能はただ自分を苦しめるだけの厄介者でしかなかったのかもしれない。

その兆しが現れたのは、小学六年の二学期になったころからだった。中学受験をするやつを中心として、雪乃を妬《ねた》む連中が少しずつ出始めたんだ。

それまで普通に接してくれていた友人が、雪乃の才能を理由に離れていく。それどころか、ときには嫌がらせさえしてくる。

結局、最後までこいつから離れなかったのは、俺と夏希だけだった。

俺や夏希ができる限りフォローをしていたけど、もともと引っ込み思案な性格だ。雪乃が一握りの人間を除いて心を閉ざすまでに、そう時間はかからなかった。中二になるころには学校を休みがちになり、そこへ追い打ちをかけるような事件を経て、中三の夏から完全な不登校かつ引きこもりとなってしまった。

こんな感じで、こいつもこいつなりに、つらい経験をしているのである。必要以上の才能に苦しむ、かわいそうな少女なのだ。

「……何？　今度は人の顔見ながら、妙に優しい笑顔なんかして。すごくキモいんだけど。キモすぎて軽く鳥肌まで立ってきたんだけど」

「お前はほんと、俺の心をえぐるようなことを平気で言うな」

しかも、変質者でも見るような視線つきで……。てか、自分の体を抱きながら、俺から距離を取っていくな！　いくら俺がお前の言動に耐性あるっていっても、さすがにちょっと泣きそうだぞ！

「ああもう、悪かったよ。ただ、お前がどんだけダメ人間として落ちぶれても、俺は見捨てねぇって、決意を新たにしてただけだ。気にしないでくれ」

「……あんた、全然人のこと言えないからね。というか、一発ぶん殴っていい？」

「そんなことより、お前に頼まれてた笹、もらってきたぞ」

怒り顔の雪乃をスルーして、靴箱に立てかけておいた笹を指差す。

歳のわりに小さな拳を握りしめていた雪乃も、頼んできただけあってこれは気になっていたらしい。俺への怒りを保留にし、つっかけで三和土《たたき》に下りてきた。

同じ高さの場所に立つと、こいつの頭の天辺《てっぺん》が俺の鼻の頭くらいにくる。髪はぼさぼさだけど、それでも女の子らしい香りがして、少しドキリとした。

そんな俺の動揺になど気づくこともなく、雪乃が笹の葉に手を触れる。その顔には、満足げなほほ笑みが宿っていた。思わずこちらまで笑顔になってしまう。

「どうだ？　お気に召したか？」

「まあまあじゃない？　ベランダに置くにはちょうどいいかも」

「そうかそうか。じゃあ、お礼の言葉のひとつでももらいたいもんだね。これでも俺、夏希たちの誘いを断って、こいつを取りにいってきたんだぞ」

わざとらしく得意げに胸を張って、雪乃を見下ろす。

べつに、本気で礼を言ってほしいわけではない。うれしそうなこいつを見ていたら、ちょっとからかいたくなったってだけだ。

案の定、雪乃はとたんに仏頂面《ぶっちょうづら》に戻り、半眼で俺を見上げてきた。もっとも、それも束の間のことで、すぐに明後日の方を向いてしまった。

意外だ。てっきり「うっさい！」とか言い返してくるかと思ったのだが……。

俺が拍子抜けしていると、雪乃はくちびるをもごもごと動かし、やがて小さく口を開いた。

「その……あ、ありが……とう……」

真っ赤な顔でくちびるをとがらせながら、か細い声でお礼の言葉を口にする雪乃。

一方、俺はびっくり仰天。

「おおう！　まさか、本当に言うとは思わなかった。明日は雪でも降るのか？　夏だぞ、今」

「……あんた、本当に一発殴られたいわけ？」

再び拳を握りしめた雪乃が、プルプルと震え出した。

いかんな、そろそろマジ怒りだ。さすがに、からかいすぎたか。このままだと本当に殴りかかってきそうなので、ここは素直に謝っとこう。

「すまん、すまん。なんか珍しくしおらしかったんで、ついな。喜んでもらえたなら、何よりだ。暑い中、せっせと運んできた甲斐があったってもんだ」

「あっそ！　どうりで汗臭いと思った！」

すっかりへそを曲げてしまったらしい雪乃が、地味に傷つく言葉を残し、家の奥に引っ込んでいく。そんなに汗臭いかな、俺……。こっそりとTシャツの袖のにおいを嗅いでみる。

「大和、お腹空いた！　早く晩ごはん作って！」

奥から雪乃の不機嫌そうな大声が響いてくる。

体が小さいせいか、俺の何倍も頭いいのに妙にガキっぽいんだよな。あと、虫の居所が悪いからか、声量がいつもの二割増しだ。

俺は思わず笑ってしまいながら、靴を脱いで家に上がった。

「雪乃、今日の晩飯は何食いたい？」

「……オムライス」

「はいよ、了解」

手のかかる幼馴染みの要望を聞き、俺は早速キッチンで料理に取りかかった。

いつも通りふたりで晩飯を食い終わるころには、すっかり日が暮れていた。

夜空には雲ひとつなく、天の川がきれいに輝いている。絶好の七夕日和《びより》だ。

取ってきた笹を二階のベランダへ運び、雪乃が用意していた飾りを吊るしていく。

シンプルだった笹は、あっという間に七夕仕様のデコ笹へと変身を遂げた。

飾りつけが終わったら、次は七夕の醍醐味《だいごみ》だ。俺と雪乃はベランダで腰を下ろし、雪乃が用意していた筆ペンで短冊に願い事を書く。

「ねえ、大和。短冊にどんな願い書くつもり？」

「どんなって、普通だけど。〝家族や友達が、みんな元気でいられますように〟って感じのやつ」

「いい子ぶっちゃって、つまんない。もっと他にないわけ？〝海賊王になれますように！〟とか」

「ほほう、それは漫画の主人公をも恐れない、大それた願い事だな。——で、俺がその願いを書いていたとしたら、お前の反応は？」

「略奪《りゃくだつ》行為を企てている輩《やから》がいるって通報したあと、病院を探してあげる」

「うん、そんなところだと思ってた。ちなみに、それやるとお前を世話する人間がいなくなるわけだが、そこんところどうお考えで？」

「ああ、それは考えてなかった。確かにそれは困るかも。じゃあ、間を取って〝立派なハウスキーパーになれますように〟とかはどう？」

「お前、一生俺に身の回りの世話させる気か！　本気でプロになって、きっちり金取るぞ！」

以上、短冊を書きながら交わされた会話である。隙あらば人の将来を誘導しようとするところとか、本当に抜け目ない。意志を強く持って、この無駄に頭がいい幼馴染の罠《わな》にかからないようにせねば……。

なお、人の願いを「つまんない」で切り捨てた当人が何を書いたかというと、〝新しいパソコンが欲しい〟だった。人の願いをどうこう言うつもりはないが、「お前にだけは『つまんない』とか言われたくねぇわ、物欲ヒッキー」と叫びたくなった。

ともあれ、おもしろくなかろうが、物欲にまみれていようが、願い事は願い事だ。ふたつ揃って、笹に括《くく》りつける。ピンクと黄色、ふたつの短冊が夜風に吹かれてクルクルと踊った。

笹を飾りつけて、願い事も書いた。七夕としてやることは、これくらいだ。ただ、これで「はい、終わり！」というのも味気ない。せっかくなので、冷蔵庫から昨日買い置きしておいたわらび餅を取り出してきて、ゆっくり夜空を眺めることにした。

部屋の電気を消し、再びベランダで並んで座り、夜空を見上げる。

車通りが多くない住宅街は、夜になるととても静かだ。それに田舎で光源もそれほど多くないからか、星が意外なほどよく見える。

「あ、てんびん座とさそり座」

雪乃が指で空に線を描きながら言った。

雪乃の両親が天文学者《てんもんがくしゃ》だったこともあって、俺たちは小さいころから星についていろいろと教えてもらってきた。星座を見つけるなんて、お茶の子さいさいだ。雪乃をまねて、俺も指で星々をつなげていく。

「そこがへびつかい座とへび座だな」

「で、あれがはくちょう座とわし座とこと座。デネブ、ベガ、アルタイルで夏の大三角」

わらび餅を食べながら、順番に星座を言っていく。

たまにはこうやってのんびり星空を見上げるのも、悪くないな。心が洗われるとまでは言わないが、少なくとも気が休まる。雪乃の〝七夕やる〟宣言に乗っておいて正解だった。

時計を見ていないから、どれだけ時間が経っているのかも、よくわからない。十分か二十分か、それとも一時間以上経っているのか。

星座もあらかた見つけ終わり、気がつけば俺たちはただ黙って星空を見上げていた。

俺も雪乃も口を開かないが、この沈黙がどこか心地いい。雪乃と一緒に、こうして星を見ていられる。そんな小さなことが、今の俺にはたまらなく幸せに感じられた。

「そういやさ……」

ふと天に向けていた視線を下げる。そこには、あどけなさが残る表情で空を見上げる雪乃の顔があった。

俺の発した言葉に、雪乃は「ん？」と星空に心を奪われたまま応じる。一応耳には届いているようなので、俺も構わずに続けた。

「なんで急に『七夕やる』なんて言い出したんだ？　お前、この二年間は誕生日だろうがクリスマスだろうが正月だろうが、まったく気にしなかったじゃん」

雪乃が引きこもり出してからの日々を、ふと思い出す。

こいつ、家から出ないせいで月日や曜日の感覚が抜け落ちたのか、基本的にこの手の記念日的イベントにはまったく反応しないんだ。

一度誕生日にサプライズパーティを仕掛けたときなんて、なぜか「なんか学校でつらいことでもあったの？　家でゆっくり休みなさい」とガチで心配されてしまった。

あれは……うん、サプライズを仕掛けるつもりが、逆にサプライズかまされた気分だった。ショックのあまり、ちょっと本気で泣きたくなったよ。

「なのに、今回はお前からのリクエストだったから、驚いたっていうか……。まあ、個人的にはいいことだと思うんだけどな！」

なんか暗に「お前には似合わない」って言っているみたいになってしまったので、あわてて最後にちょっとおどけた感じの言葉を加えておいた。

そうしたら、雪乃はくすりと笑いながら空を見上げるのをやめた。俺と同じく視線を下げた雪乃は、そのまま筆ペンと予備の短冊を手に取り、何かを書き記し始めた。

「本当は、もうちょっとしたらこっちから切り出すつもりだったのに……。あんたには、いつも都合やら予定やらを狂わされてばっかよ」

「いや、『都合やら予定やらを狂わされて』って、どの口がそれをほざくかよ。今の俺の人生、わりとお前を中心に回ってますよ？」

「うっさい！　知ってるわよ、そんなこと。独り言にツッコミ入れてくんな。どんだけ野暮《やぼ》なのよ」

笑顔を引っ込めて言い返してきた雪乃に、「へいへい。悪うござんしたね～」と誠意のかけらもない謝罪を入れる。

筆ペンをサラサラとよどみなく動かしつつ、こちらのツッコミにもきっちり噛みついてくるとは、相変わらず器用なものだ。

それと、俺をこき使っていることを自覚している点は、ひとまず水に流しておいてやろう。感謝しろよ、雪乃。

「それで、『切り出す』って、何をだよ。明日の晩飯のリクエストか？」

「んなわけないでしょうが！　なんで短冊書きながら、晩ごはんの希望出さなきゃいけないのよ。いいからちょっと黙ってなさい！」

もともとつり目気味の目をさらにつり上げて、雪乃がキレた。言われた通り、おとなしく雪乃が短冊を書き終えるのを待つことにする。

かなりたくさんのことを書き込んでいるようで、雪乃の手はなかなか止まらない。

筆ペンを巧みに操るその表情は、真剣そのものだ。

そんな雪乃の横顔を眺めていると、不意に筆ペンを持つ手が止まった。どうやら願い事を書き終えたらしい。

筆ペンを置いた雪乃は、短冊を大事そうに持って立ち上がる。そして精一杯背伸びして、短冊を笹の一等高い場所に括りつけた。

笹の一番高いところに吊るされた短冊は、他の飾りと同じく夜風にはためく。

「どうして七夕をやりたいなんて言ったか、だけどさ……」

くるりとこちらに振り返った雪乃が、やや張り詰めた表情で座ったままの俺のことを見下ろした。澄んだ黒い瞳が、俺を映しているのがわかる。

ボサボサ頭とダボダボのスウェットは変わらないのに、星空を背負ったその姿はどこか幻想的だ。七夕チックに言えば、まるで織姫みたい……というのはさすがに盛りすぎかもしれないが、少なくともきれいだとは思う。雪乃相手に認めるのは悔しいんだけど、一瞬胸が高鳴ってしまった。

「正直なところ、七夕自体はどうでもよかった。笹に願い事吊るすだけのイベントに、大した思い入れなんてないしね」

「それじゃあ、なんで……」

「固めた決心を明かすには、ちょうどいい感じのイベントだったから、かな……。せっかくなんで使わせてもらった」

「……決心？」

「そう。心を決めると書いて、決心」

俺が首をかしげると、雪乃は短冊を書いていたときと同じく真剣な面持ちで、こくりとうなずいた。

雪乃が、今この瞬間にも変わろうとしている。何か、自分の殻を破ろうとしている。

普段より大人びたこいつの表情に、そんな予感を覚える。

「あんた、さっき言ってたでしょ。『今の俺の人生、わりとお前を中心に回ってますよ』って」

「ああ……。あ、もしかして気にしたのか？　べつに俺が勝手にやっていることだから、お前が気にする必要はないぞ。代わりに勉強だって教えてもらってるから、俺の方こそ助かってるくらいだ」

正直なところ、さっきの発言はほとんど悪ノリで言ったものだ。それがもしも雪乃に罪悪感を抱かせてしまったなら、きちんと否定しておかなければいけない。

確かに俺の生活は学校と雪乃を中心に回っているけど、俺はそれを嫌だと思ってないない。

むしろ、今の生活の在り方を心地よくさえ思っている。両親が不在のことも多い俺にとって、雪乃と一緒に飯を食ったりしていると、疑似的《ぎじてき》にでも家族の団欒《だんらん》を感じることができるから。

俺にとって、雪乃との生活は拠《よ》り所なんだ。夏希や洋孝とは違う、俺が自分らしく安らげる、大切な場所と時間……。

「でも、わたしのせいであんたに時間がなくなっているのも事実よ。今日だって、わたしのワガママがなければ夏希たちと遊びにいけたんでしょ？」

まるで俺の思考を読んでいるかのように、雪乃が痛いところをついてくる。

いや、実際に俺の表情から思考を読んだのだろう。こいつ、頭がいい上に、よくも悪くも周囲の注目にさらされてきたから、人の顔色を読むのが得意なのだ。

というか、それ以前に余計なことを言うんじゃなかった。ほんと、俺のバカ！　あのとき自分が取った態度を考えると、この状況で否定はできない。

俺が黙っていると、雪乃はどこか申し訳なさそうに話を続けた。

「お父さんとお母さんが死んでから二年間、わたしはずっと大和の厚意《こうい》の上にあぐらをかいていた。家庭教師をやってるだけじゃ返し切れないくらい、ずっと大和に甘えてきた」

「いや、べつにそんなことは……ないとも言い切れないが……。確かにけっこう、あごで使われてきたが……」

勢い込んで割って入ってみたけど、結局何もかける言葉を見つけられない俺。超かっこ悪い。

雪乃からは、「無理しなくていい」と呆れ混じりの苦笑を向けられてしまった。

「だから今日、天の上のバカップルに短冊を叩きつけることで、決心を固めることにした。天国にいるお父さんとお母さんにこれ以上心配かけないよう、自分を変えることにした」

そう言い切った雪乃の瞳は、一切の揺らぎもなく澄み切っていて……。

雪乃は自身が固めた決心を、正しく宣誓するように、よどみなく俺に告げた。

「わたし、もう家に閉じこもるのは……やめにする。きちんと、外の世界とつながっていけるようになる。人見知りも治す。それに、家事もきちんと自分でやる。大和に迷惑をかけないように、自分のことは自分できちんとできるようになる」

雪乃の言葉が、俺の耳の奥にこだまする。

赤の他人がこれを聞いたら、「何をそんな当然のことを」と言うかもしれない。実際、それが正論なんだろうし。

けど、そんな当たり前の正論なんか、知ったことじゃない。もうひとりの当事者であり、今まで雪乃と一緒にいた俺だけは、この決心の重さを知っている。

雪乃は普段から、考えすぎなくらいに熟考を重ねるやつだ。今回の決心だって、心の折り合いをつけるために、自分自身と長く対話してきたに違いない。そして対話を続けた末に、こいつは殻から抜け出る恐怖に負けることなく、足を踏み出すことに決めたんだと思う。

だったら、俺がきちんと真正面から受け止めてやんなきゃダメだろう。

「大和、今まで迷惑をかけてごめん。それと、わたしのことをずっと助けてくれて、本当にありがとう」

雪乃は、俺に向かって深々と頭を下げた。

俺はその謝罪と感謝の言葉を、うれしいような、それでいて寂しいような、なんとも言えない感情のまま受け取った。

雪乃が前を向いて一歩を踏み出したことは、幼馴染みとして素直にうれしい。けれど同時に、雪乃が俺の助けを必要としなくなっていくことが、勝手なこととわかっていても寂しかった。

結局俺は、夏希が言う通り〝雪乃の忠犬〟だったようだ。なんてこった！……いやまあ、さっき〝拠り所〟とか言っちゃった時点で、「なんてこった！」も何もないんだけど。

それでも、ここで俺が言うべきことはひとつしかない。雪乃は、意思を示した。なら、俺も幼馴染みらしく、こいつの背中を押してやろう。

「お前の決心は、よくわかった。お前がそう決めたなら、俺は全力でお前を応援する」

「大和……」

顔を上げた雪乃が、ふわりとほほ笑む。安心しきった子どものような表情だ。こいつのこんな顔を見るのは、いつ以来だろう。胸の真ん中が、ぼんやりとあたたかくなる。

けど、俺はそこで、あえて「でもさ……」と言葉を継いだ。

「自立するのはいいけど、実際のところどうするつもりだよ。外に出るのはいいとして、家事のやり方、お前わかるのか？」

「そんなの、やろうと思えばなんとかなるでしょ。実際、あんただって普通にできるようになったじゃない」

俺の素朴《そぼく》な疑問に、雪乃がさも当然のように答える。

いやまあ、確かにやろうと思えば、そこそこなんとかなるんだけどね。それでも例えば掃除とか、この家や家具に合わせたやり方なんかもあったりするんだよ？　これでも俺、家事についてそれなりに研鑽《けんさん》を積んできたんだよ？

——てなことを説いてやったら、雪乃はめんどくさいという感情がにじみ出た呆《ほう》け面《づら》になった。

ダメだ、こりゃ。ほっといたら、ひどいことになる気がする。

「まあ、そこら辺は俺が教えてやるよ。その方が、一から自分で調べて覚えるより早いだろ？」

「は？　いや、それはダメでしょ。大和に迷惑かけないように自立するのに、教えてもらってたら意味ないじゃん」

「いいんだよ。自立に向けての支援は、迷惑とは言わん！」

「けど、あんたに教わるとか、わたしのプライドが……」

「二年間散々だらしないところ見せといて、今さらプライドも何もあったもんじゃねぇだろうが。第一、こうでもしないと——ッ！」

会話の流れで思わず出そうになった言葉を、あわてて飲み込む。

危なかった。今の俺、とんでもなく恥ずかしいことを口走るところだった。

「こうでもしないと……何よ」

しかし、残念ながらうちの幼馴染みは、そんな俺の隙を見逃してはくれなかった。

「だらしない」と言ったことに対する仕返しのつもりか、〝吐け〟と端的《たんてき》に目力《めぢから》で訴えかけてくる。

こちらも最後の抵抗とばかりに頬をかきながら視線をそらしたが……あきらめずそらした先に回ってのぞき込んできやがった。喰《く》いついたら離さない。スッポンみたいなやつだ。

「男だったら言いかけたことくらい、はっきり言ったら？　中途半端に隠し事されるのって、すごいストレスなんだけど」

「いや、隠し事ってのはオーバーな……。べつに大したことじゃ……」

「言え」

この幼馴染み、最後はこちらのセリフをさえぎりつつ、女の子にあるまじきドスを利かせた直球で来ました。こいつの目力、さっきから半端ないな。逃がす気ゼロだわ。

これ以上の抵抗は、残念ながら無駄っぽい……。

「ええと、家事を教えるとかでもないと……」

「でもないと？」

「俺がこっちに来る理由がなくなってしまうというか、なんというか……」

せめてもの抵抗でまた視線をそらしながら、ボソボソとさっき言いかけた言葉の続きを告げる。

すると雪乃は即座に怪訝そうなお顔をされ、心底冷たい声で「……は？」と漏らした。なんだろう。雪乃の視線がチクチクと、いや、ザクザクと突き刺さってくる。正直、心が痛い。

「だって仕方ないだろう！　なんだかんだ言って、最近はお前と晩飯食うのとかが習慣化しちまったし。今さらあのだだっ広い家でぽつんとひとり晩飯とか、なんか寂しいだろうが！」

そのあまりのいたたまれなさのためだろうか。知らんうちに口をついて、言い訳が飛び出していた。

俺の冷静な部分が、「余計なことを……」とつぶやきながら頭を抱えている。

本当に何言ってんだろうね、俺。べつにこっちへ来るだけなら、今まで通り勉強教えてもらうためとか理由はいろいろあるだろうに、よりによって「寂しい」とか……。

ほら、雪乃の表情が、だんだんゴミでも見るような感じになってきて……。

「うわ……。あんた、意外と女々しいこと考えてんのね。普通にキモいんだけど。さすがに引くわー……」

「わかってるっての！　自分でもちょっとやばいんじゃねぇかって思ってるよ！　だから言いたくなかったんだ！」

自分の体をかき抱いてこちらの心をえぐってくる雪乃に、勢い任せでがなり立てる。夜中に近所迷惑？　知るか、そんなもん！

ちくしょう。本当にちくしょうだよ……。プライド云々《うんぬん》を言うなら、確実に俺の方がズタズタだっての。なんだよ、この羞恥《しゅうち》プレイ。

さすがに精神的ダメージが大きすぎて、その場で膝を抱えてしゃがみ込む。穴があったら静かに入りたい……。

ただ、そんな俺の様子がおもしろかったのか、頭の上から雪乃のおかしそうな笑い声が聞こえてきた。

「お前、この場面で笑うとか、さすがに性格悪すぎないか？」

「ごめん、ごめん。でも、あんたの自爆と情けない顔がおかしくて」

「うん。この期《ご》に及んで追い打ちかけてくるとか、俺もびっくりだわ。お前、俺に対してだけは本当に容赦ないな！」

こんなの面倒を二年間も見てきたとか、俺、どんだけお人好しなんだろう。忠犬すぎるにもほどがあるだろう。

恨みがましく雪乃を見上げるも、この性悪は大笑いを続けるのみだ。

さっきまではシリアス気味のいい感じな場面だったはずなのに、一分足らずでなんだこの急展開。決意表明の場が一転して赤っ恥公開処刑（俺の）とか、普通ありえんだろ！　自業自得だけど、俺がかわいそうすぎる！

「はあ～、笑った……。でもまあ、そういうことなら仕方ないか。恩人の幼馴染みを寂しがらせるのもかわいそうだし」

「かわいそうな子扱いするな！」

目もとの涙を指ですくう雪乃に、逆ギレ気味のツッコミを入れる俺。なんかもう、ダメダメでグダグダだ。

「あんたがそこまでわたしに会いたいっていうなら、わたしも恥を忍んであんたに家事を教わってあげることにしましょう。感謝しなさい」

偉そうにふんぞり返るチビヒッキー。教わる側の態度じゃねぇだろ、それ。

「……さっきはああ言ったが、俺はそこまで豆腐メンタルじゃねぇ。あと、なんで俺が感謝せにゃならんのだ」

「照れない、照れない。だから、まあ、その……」

雪乃が、不意にこちらから目をそらした。髪の毛の先をクルクルと指に巻きつけたりして、妙に挙動不審だ。つい今し方の俺っぽい。

急にどうしたのかと思っていると、雪乃は親愛がこもった口調で、こう言った。

「……いつまでになるかわからないけど、これからもよろしく」

俺に対しては傍若無人《ぼうじゃくぶじん》な雪乃らしからぬ口調と言葉に、思わずその顔を見上げる。

さっき俺は、満天の星空を背負ったこいつを、少なくともきれいだと思った。けれど、今のこいつは——天真爛漫《てんしんらんまん》にほほ笑んだこいつは、まぎれもなくきれいだと、心から素直にそう思えた。

その笑顔に当てられたまま、足腰に力を入れて再び立ち上がる。

今さらかっこつけようとしたって滑稽なだけだけど、それでも精一杯取り繕《つくろ》って、俺は雪乃にほほ笑み返した。

「まあ、これも幼馴染みの好《よし》みだ。ここまで来たら、とことんつき合ってやるよ」

「はいはい、〝好み〟ね。そういうことにしといてあげるから、慣れないかっこつけなんかやめとけば？　寂しがり屋」

「うっせえよ、引きこもり」

互いのことをけなし合いつつも、それ自体がおかしくて、どちらからともなく笑い合う。

笑いながら見上げた星空は、さっきまでよりも少し輝いて見えた。

3

真上家を出るころには、夜の十時を回ってしまっていた。

自分の家に戻った俺は、玄関にほったらかしにしていたのこぎりや軍手を片づけ、さっさと風呂に入った。今からお湯を張るのも面倒なので、今日はシャワーで済ませてしまう。

風呂から上がって髪を乾かしたら、キッチンで麦茶を一杯飲んで、自室に戻る。

勢いのままベッドに倒れ込むと、そのあまりの心地よさで一気に睡魔《すいま》が襲ってきた。

「……ああ、いけない。まだ、やることがあった」

眠気を払うように声を出し、ベッドから下りる。一度あくびをして眠気を払った俺は、机の上に置いたままのノートを開いた。

傍らのボールペンを手に取り、ノートに書かれたとある文章に完了を示す線を引いていく。

文章に線を引き終えた俺は、あらためてそこに書かれていた自分の字を目で追った。

【七月七日、雪乃が引きこもり脱却を宣言する】という、その文章を……。

そう。俺は……今日、雪乃が自分を変えると宣言してくることを知っていた。

なぜなら俺はすでに一度、ほぼ同じことを経験済みだからだ。

無言のまま、視線を机の横へとずらす。そこには、壁掛けタイプのカレンダーがあり、二十八日に黒いマジックで丸が打ってあった。

その丸を目に焼きつけて、再びノートへと目を落とす。ノートには、これから二十八日までに起こる主な出来事を箇条書きで記してある。

そして……その最後の行には、こう書いてあった。


【七月二十八日、雪乃が天根市展望台で飛び降り自殺する】


自分で書いたその文章を、俺は拳を固く握りしめたままにらみつける。

七月二十八日――今日からちょうど三週間後のこの日に、雪乃は自殺したのだ。それも、俺が見ている目の前で……。

雪乃の自殺を意識した瞬間、頭を空っぽにしたわけでもないのに、例の発作が起こった。

赤黒く染まった月。薄闇に染まる空。雪乃の疲れ切った笑顔。見えない時計。風にあおられて宙に広がる長い髪。血の海に沈む……変わり果てた幼馴染みの亡骸《なきがら》。

激しい動悸と息切れを起こしてめまいがする中、その光景だけはすべて鮮明に思い出すことができる。

気がつけば、ノートに玉の汗が滴《したた》り落ちていた。震える手でノートに落ちた汗を拭《ぬぐ》い、机に手をついて息を整える。

そうだ。このままでは、あとたった三週間で、雪乃はこの世からいなくなってしまう。

それを阻止《そし》できるのは、この未来を経験した上で七月一日まで戻ってきた俺だけだ。

「この〝二度目〟の七月で俺がやるべきことはふたつ。〝歴史を極力変えずに二十八日まで過ごす〟と〝雪乃の自殺の原因を探り、自殺の実行を阻止する〟……」

この一週間考えてきたルールを、口に出して復唱する。

歴史を変えないようにするのは、その影響がどのように及ぶかわからないからだ。極端に言えば歴史が変わった結果、雪乃が二十八日より早く、もしくは俺の手の届かないところで自殺してしまう可能性がある。そうなったら目も当てられない。

もっとも、俺はそこまで記憶力がいいわけではないから、やり直し前の――〝一度目〟の七月とまったく同じ行動を繰り返すのは不可能だ。現に今日の雪乃との会話だって、〝一度目〟のときに交わしたものとは微妙に違っていた。というか、〝一度目〟の七夕のときは、あそこまで自爆しなかった。

だから最低限できることとして、この期間に俺と雪乃の周りで起こった主な出来事とその結果は変えないように行動していく。それだけでも、大きな歴史の変化は防げるはずだから。

その上で、なぜ雪乃が自殺したのかを探っていく。

幸い、これについてもひとつ大きな心当たりがある。だからそこを中心に探っていき、俺なりに自殺の原因を取り除く。ここに関わる部分だけは、歴史の改変もためらわない。もし原因を取り除くことがかなわないなら、ひとまず二十八日の自殺を阻止する。そのあとは、雪乃がバカな行動を起こさないよう、見張るなり説得するなりを重ねていけばいい。

「……お前にどんな事情があるのかは知らない。これが、俺の自己満足だってこともわかってる。——けど、俺の前でもう二度と死なせたりしないからな、雪乃」

ノートを閉じながら、誰に聞かせるでもない決意を口にする。

この事実を知っているのは、俺だけ。だから、他の誰にも頼ることはできない。俺ひとりの力でやり遂げるしかない。どれだけ難しくても、ひとりでやるしかないんだ。

短冊には書かなかったが、俺も雪乃と同じく、あいつをこの手で助けることを天にまたたく星たちに誓った。

第二章　警鐘

1

俺と雪乃は、生まれたころから文字通りずっと一緒に育ってきた。俺の両親と雪乃の両親が、赤ん坊のころから俺たちを毎日引き合わせていたからだ。

俺らの両親は、四人揃って同じ高校の同級生だった。高校時代は、いつも四人でつるんでいたらしい。ただ、高校卒業後は進路が分かれ、俺の両親は東京の大学へ、雪乃の両親は京都の大学へと、それぞれ進んだそうだ。

ここで終わればよくある話なのだが、どっこいこの話にはさらに続きがある。

その後、なんの因果か四人は全員揃って研究者になり、同じ大学に進んだ者同士で結婚して、生まれ故郷であるここ天根市に戻ってきた。そして、示し合わせたわけでもないのに隣り合った分譲住宅を購入し、お隣さんとして再会したわけだ。なんて奇跡的偶然だろうか。

それ以降、連城家と真上家は家族ぐるみというか二世帯で一家族のようなつき合いを続けてきた。俺と雪乃がいつも一緒だったのも、それが理由。

そんな事情もあり、雪乃の両親は俺にとってもうひとりの父、もうひとりの母と呼べる存在だった。

いや、フィールドワーク好きで家を空けることが多かった俺の両親に代わり、いつも面倒を見てくれたという意味では、育ての親と言ってもいいかもしれない。……あらためて思い返してみても本当に自由人だな、うちの親。なんで雪乃の両親と馬が合ったのか、今でも不思議でならない。

それはさておき、天文学者だった雪乃の両親はとても優しく面倒見のよい人たちで、幼い俺や雪乃をよく天体観測や科学館にあるプラネタリウムへ連れていってくれた。

俺たちの星座や天文学に関する知識は、このころに教わったものだ。もっとも、幼いころから優秀な学習能力を発揮していた雪乃と違って、俺は天文学の小難しい部分までは理解できなかったが……。

そんな雪乃の両親が亡くなったのは、今から二年前。雪乃が自殺した日と同じ、七月二十八日のことだった。

ふたりの死の原因は、交通事故だ。

事故当日、雪乃の両親は勤めていた大学から天根市天文台へ、車で向かっていた。

事故が起こったのはその道中、見晴らしのよい片側一車線の市道でのこと。雪乃の父親が運転する車に、反対車線から走ってきた大型トラックが正面衝突したのだ。事故の原因は、トラック運転手の居眠り運転だった。トラック運転手は軽傷で済んだけど、雪乃の両親は全身を強く打ち、雪乃が駆けつける前にふたりとも息を引き取ったらしい。

雪乃から少し遅れて病院に着いた俺が目にしたのは、両親の亡骸を前にへたり込み、ピクリとも動かないまま涙を流し続ける、幼馴染みの痛ましい姿だった。

学校でつらい境遇《きょうぐう》に置かれていた雪乃にとって、優しい両親の存在は心の支えだったのだ。その支えが、理不尽にも両方とも一遍《いっぺん》に奪われてしまった。それは、雪乃の心をへし折ってしまう悲惨な現実だった。

ふたりのお葬式が済むと、身寄りのなかった雪乃は俺の両親が後見人となることで施設入りを免《まぬが》れたものの、部屋に閉じこもってしまった。

ベッドの上で膝を抱え、ひとりで泣き明かす日々。そんな憔悴《しょうすい》し切った雪乃の姿は、はっきり言って見ていられなかった。まるで生きたまま幽霊になってしまったみたいだと思えるくらい、泣き続ける雪乃は儚かった。

だから、俺は誓ったんだ。

いつも優しくしてくれた雪乃の両親に代わって、俺が雪乃を守る。雪乃が立ち直るまで、俺が支える、と——。

もちろん、この誓いが幼馴染みの領分を超えたものだということは、俺もわかっていた。というか、傲慢《ごうまん》な考えだなって自分に呆れたりもした。それに実際のところ、雪乃からしてみたら俺の誓いは傍迷惑《はためいわく》なものだったのかもしれない。

けど、勝手だとわかっていても、雪乃をほっとくことはできなかった。たぶん、今の雪乃をひとりにしたら両親のあとを追ってしまうかもしれない、という言い知れない嫌な予感もあったのだと思う。

俺は必死で家事や料理を覚えながら、できる限り雪乃のそばで過ごすようにした。雪乃がいなくならないよう、そばで話しかけ続けた。

その甲斐があったのかはわからないが、雪乃は次第に泣いている時間が少なくなっていった。俺がひとりでしゃべっているだけだった時間も、次第にふたりでの会話の時間に変わっていった。

そして事故から二年、すっかり俺に対する態度のでかさを取り戻した雪乃は、どこへ出しても恥ずかしくない立派な引きこもりニートに成長したのだった！

……本当に、俺はどこで何を間違えたんだろうね。こんなはずじゃあなかったんだが……。まあ、当人が更生する意思を見せたのだから、結果オーライとしておこう。

ともあれ、そんな雪乃の姿を見ていたから、俺は楽観的に信じ切っていたんだ。傷は癒え切らないまでも、雪乃は両親の死を乗り越えた。もう儚く消えてしまうことはない。

そんなふうに、思い続けていたんだ。

雪乃が崖から飛び降りた、あの日までは……。

朝日と呼ぶには強すぎる日光が、カーテンのすき間から俺を照らす。

暴力的な暑さと明るさで目を覚ました俺は、ゾンビのように緩慢《かんまん》な動きでスマホを手に取った。時刻は午前九時半となっている。

今日は七月八日、日曜日。六日連続の登校を乗り越えてたどり着いた、貴重な休日だ。明日からも学校であることを考えると、今は二度寝して惰眠《だみん》を貪《むさぼ》っていたい。

だが、俺はそんな誘惑を断ち切ってのそりと体を起こし、大きなあくびをした。

今日は、昼過ぎから用事があるのだ。あまりのんびり寝過ごしていると、家の掃除とかをしている時間がなくなる。

とりあえず布団を外に干し、軽く朝食を取る。食器を片づけたら、掃除と洗濯の開始だ。

洗濯物を洗濯機に放り込み、家中に掃除機をかけていく。二階建てでそこそこ部屋数がある我が家の掃除は、わりと時間がかかる。

けれど、基本的にルーチンワークである掃除の時間は、考え事をするのにもってこいだ。この時間を使って、もう一度俺の身の回りに起こっていることを整理するとしよう。

目下、俺が考えなければいけないことは、主にふたつ。最大の問題である〝雪乃の死の原因究明〟と、最大の謎である〝過去へのタイムリープ〟だ。

「……ひとまず、タイムリープの方について考えてみるか」

〝死〟というワードに軽く胸がうずいたのを感じ取り、逃げるように思考をタイムリープに向ける。と言っても、これについて考察できる事柄は、それほど多くない。なぜなら、タイムリープは原理も条件も一切不明。唯一わかっているのは、タイムリープの鍵となるアイテムだけという状況だからだ。

「やっぱ、あの本についてもうちょっと詳しく調べてみるべきかな。でも、当てがまったくないし……」

頭の中に一冊の古書を思い浮かべながら、ぽつりとつぶやく。

俺を〝一度目〟の七月二十八日から〝二度目〟の七月一日へタイムリープさせたアイテム、それは真上家の書斎《しょさい》にある占星術の古書だ。雪乃の親父さんが大事にしていた本だから、俺にもすぐわかった。

〝一度目〟の七月二十八日で、雪乃はなぜかその古書を展望台へ持ってきていた。たぶん、親との思い出の品として、最期まで手もとに置いておきたかったんだと思う。

そして雪乃の死後、あいつのカバンの上に置かれていたその古書が、茫然自失《ぼうぜんじしつ》した俺の前で突然光り出したのだ。

光に包まれた俺は、気がつくと家のベッドで寝ていた。あわててスマホを見ると、七月二十八日ではなく七月一日の朝だった。

だから俺は最初、雪乃の自殺をただの悪い夢だと思ったんだ。

けど、すぐに違和感に気づき、考えをあらためることになった。

だって、その翌日行われた期末テストの問題を、全科目において偶然では済ませられないレベルで予想できてしまったのだ。頭の中には、今現在受けているテストの解説を聞いた記憶まである。正直、カンニングでもしているようで最悪の気分だった。

そんな浮かない気分を一日たっぷり味わった俺は、自身が四週間前にタイムリープしたというアホらしい考えに行き当たり——その仮説を信じた。

というか、記憶の終着点に雪乃の死が待っている以上、この記憶が正しいという前提に立たざるを得なくなった。このまま何もせずに日々を過ごせば、雪乃がいなくなってしまうかもしれない。二年前にも感じたこの焦燥《しょうそう》は、俺にタイムリープを信じさせて余りある衝動だった。

自身がタイムリープしたという仮定に基づき、俺は例のふたつのルールを立てた上で、再度タイムリープが可能かを確認した。雪乃の家に行った際、書斎で件《くだん》の本を手に取り、念じたり拝んだりして、タイムリープを試みたのだ。

けど、結果は見事に空振り。タイムリープはおろか、本があの夜のように光ることさえなかった。もしかしたら本の中にタイムリープについて書かれているかとも思ったけど……何語かわからなくてちっとも読めなかったので、そちらも早々にあきらめた。

よって、現状においてタイムリープの再現は保証できない。万が一俺がこの世界で失敗しても、またやり直せるかはわからない。

結局のところ、何度考えたって今の世界でどうにかするしかないという結論は、変わらないわけだ。

というわけで、やはり争点となるのは、さっき即避けてしまった〝雪乃の死の回避と原因の究明〟だ。激しくなりつつある鼓動《こどう》に耐えながら、〝一度目〟の七月の記憶をあらためてさらい、とあるところから再生していく。

実のところ、雪乃の自殺理由については、俺の中ですでにある程度の結論が出ていた。あいつが自殺した理由、それはおそらく俺が二年前から危惧《きぐ》していた最悪の展開——両親の命日を迎えての後追いだ。

事の発端《ほったん》は、〝一度目〟の世界で雪乃が自殺する一週間くらい前のことだった。ちょうどそのころを境に、雪乃の様子が急におかしくなり始めたのだ。どこか焦りとあきらめが入り混じった雰囲気になり、疲れているのか顔色も悪くなっていった。例えるのなら、一気に十歳くらい老け込んだ感じだろうか。

けれど、バカな俺は、それを両親の命日が近いから少し情緒《じょうちょ》不安定になっているだけだと考えていたのだ。今の雪乃は脱引きこもりをしたくらい前向きだから、しばらくすれば落ち着くだろうとほっといてしまった。今にして思えば、〝少し情緒不安定〟では説明がつかないくらい、雪乃の様子はおかしかったというのに……。本当に、悔んでも悔み切れない。

そして命日の前日である二十七日、雪乃は昼過ぎからふらりと姿を消した……。

このときも、俺は最初、とくに気にしたりしていなかった。七夕の決心以降、あいつは普通に外に出られるようになっていたから、きっとひとりで行きたいところがあるんだろうって思っていたんだ。

だが、夜の七時を回ってもあいつは帰ってこず、俺もいよいよ事態のおかしさに気がついた。

妙な胸騒ぎを感じた俺は、あわてて雪乃と連絡を取ろうとした。けど、あいつのスマホに電話をかけてもつながらず、メールも返信なし。メッセージアプリの方は、いつまで経っても既読がつかなかった。

単に帰りが遅くなっているだけで、連絡がつかないのはスマホのバッテリーが切れていただけ。

もっともありえる可能性を挙げるなら、こうなるのだろう。

だけど、命日の前日という時期とここ数日の雪乃の様子から、俺はあいつがあらゆる連絡手段を絶って姿を消したのだと思った。……本当に、気づくのが遅いったらありゃしない。

焦った俺は、夜を徹して雪乃を捜し回った。あいつが行きそうな場所、縁がある場所を自転車でひとつずつ当たっていった。足がパンパンになり、体力が尽きても、ペダルを漕ぎ続けた。このときほど、もっと体を鍛えておけばよかったと思ったことはない。

その末に俺は、七月二十八日の夜明け前、天根市展望台で月食を眺める雪乃を見つけ……あいつの死を目の当たりにしたわけだ。

「……間に合っても、止められなきゃなんの意味もねぇ」

当時の自分を責め立てる。もちろんその言葉は今の俺にも跳ね返ってきて、胸に深く突き刺さった。まったく生産性のない自傷行為だ。

ともあれ、本当に雪乃の飛び降りが後追い自殺なら、俺がやるべきことは二年前に雪乃の両親が亡くなったときと変わらない。最後の一週間に何があったのか、今はわからないけど、とにかく雪乃に対して「お前はひとりじゃない！」ってことを示し続ける。それだけだ。

幸い〝一度目〟の七月では、七日以降、雪乃に家事を教えたり一緒に出掛けたりということがたくさんあった。つまり、あいつと話せる機会は多いし、雰囲気の変化を察知することや、それとなく気遣っていくこともできるということだ。

今の俺は、未来を知らなかった前のときの俺とは違う。タイムリープによって得たすべてのアドバンテージを駆使して、今度こそ雪乃が発するシグナルに気づいてみせる。あんな疲れ切ったあきらめの笑顔へつながる前に、幼馴染みとして、俺が必ず手を差し伸べてやるんだ。

俺が決意を固め直したところで最後の部屋に掃除機をかけ終わり、ついでに洗面所の方から洗濯完了のアラームが聞こえてきた。

ひとりでの作戦会議も、とりあえずここまでだ。掃除機を納戸に片づけ、俺は洗面所へと急いだ。

2

掃除や洗濯を終えて出掛ける準備を整えた俺は、お隣へと向かった。今日はこれから雪乃のリハビリ——という名のお出掛けにつき合うことになっているのだ。

いつものように鍵を開け、玄関から奥に向かって呼びかける。

「雪乃～、支度できてるか～？」

俺の声が、廊下の奥へと反響していく。けれど、これといった反応はなし。まあ、いつものことだ。とりあえず、そのまましばらく待ってみる。

そうしたら、二階で部屋の扉が開く音がした。何やら慎重そうな足音と廊下や階段が小さくきしむ音が聞こえてきて、直後に雪乃が姿を現した。

「……はへ？」

現れた雪乃の姿に度肝《どぎも》を抜かれ、俺の口から奇妙《きみょう》な感嘆の声が漏れた。

今日の雪乃は、いつもの残念な姿ではない。髪はきちんととかし、服装もフリルがついた白ブラウスにパステルピンクのプリーツスカートという夏らしくてかわいらしい格好をしている。それによく見れば、かなり控えめだけど化粧もしているみたいだ。

さすがにこれには驚いた。〝一度目〟の世界ではこいつ、Ｔシャツとジーンズとかラフな格好ばかりだったし。当然、化粧もしていなかった。長すぎる髪が重たく見えるのは仕方ないとしても、今のこいつは十分におしゃれな部類だ。

「……ジロジロ見んな。キモい。なんか文句あんの？」

どうやら驚きのあまり、雪乃を凝視《ぎょうし》してしまっていたらしい。

少し顔を赤くした雪乃が、俺をきつくにらみつけながら、開口一番にそう宣《のたま》った。

本人としても、この格好は恥ずかしいようだ。中身はいつもの雪乃のようで、なんか少し安心した。

「文句なんかねぇよ。よく似合ってるぞ、その服」

「――ッ！」

素直に褒めてやったら、雪乃は目を見開いて声にならない声を上げ、顔もトマトみたいに真っ赤になった。おもしろいな、こいつ。

「お前、そんな服、持ってたんだな」

「……外に出るのは、けっこう前から決めていたから。先月のうちに、いろいろとネット通販で買っておいた。悪い？」

「いや、悪いわけないだろ。化粧も、前から練習してたのか？」

「一応……。今後のことも考えて……」

俺の何気ない疑問に、雪乃は居心地悪そうに目をそらしながら答えた。

今日のこいつ、格好といい、仕草といい、いちいちかわいいな。なんかこっちまで照れくさくなってきた。顔が熱い。

そんな俺の態度を見て、雪乃はさらに顔を赤くした。

「わたしの服装のことはどうでもいい！　ほら、さっさと家から出る！」

必要以上に声を張り上げ、雪乃が玄関に出してあったストラップサンダルを履く。

「あ！　おい、待てよ」

「待たない！」

そのままためらいなく外に出ていく雪乃を、俺はちょっとした違和感を覚えながらあわてて追いかけた。

おかしいな。〝一度目〟の世界では、玄関で五分ばかりためらっていたんだが……。

今回の雪乃は、あっさりと外に出やがった。

べつにいいんだけど、服装や化粧といい、今の行動といい、微妙に記憶と食い違いが出てくるな。雪乃にしては、やけに積極的というか、なんというか……。

でもまあ、このくらいの食い違いなら許容範囲か。大筋が違ってきているわけでもないから、ここは流れに乗っておいて問題ないだろう。もしかしたら俺の言動のちょっとした違いが、雪乃の行動の誤差を生んでいるだけかもしれないし。

「そんな難しい顔して、こっち見ないでくれる？　今のあんた、完全に変質者の顔よ」

「誤解を招くようなことを白昼堂々《はくちゅうどうどう》と言うな!」

玄関先で眉をひそめる雪乃に、全力で言い返す。

こいつ、真っ昼間の住宅街でなんという危険ワードをほざきやがるんだ。根も葉もないこととはいえ、ご近所さんの耳にでも入ったら人聞きが悪いどころの話じゃない。変な噂《うわさ》が立って、今後円滑なご近所づき合いができなくなったらどうしてくれるのか!

念のため、家の近辺をぐるりと見回す。近くに人影は——なし! どうやら難は免れたようだ。ほっと胸をなでおろす。

そんな俺を、雪乃が心底呆れた顔で見つめていた。

「あんた、何そんなビクついてんの? べつにこのくらいのこと聞いても、誰も気にしたりしないし。ちょっと自意識過剰なんじゃない?」

「すでにいろいろと手遅れなお前と違って、俺はここら辺じゃあ〝今時珍しい好青年〟で通ってるんだ。ご近所づき合い、なめんなよ!」

辛辣な評価を下してくる雪乃に、いつもの調子で反論する。

そのときだ。呆れ顔から一転し、雪乃が急にビクリと肩を震わせた。さらに、どういうわけか両手でスカートの裾をキュッと握りしめ、瞳を潤ませ始めた。

「あれ? おい、どうしたんだよ。お前、何を泣いて……」

「だって……、あんたが『いろいろと手遅れ』とか言うから……。あ、あんただけは、そんなこと言わないと思っていたのに……」

とうとう顔を伏せて肩を震わせ出した雪乃を見て、頭を殴られたような気分に襲われた。

何やってんだ、俺。いくら売り言葉に買い言葉だからって、言っていいことと悪いことがあるだろう。とくに雪乃の自殺を止めようとしているこの状況下で、俺自身がこいつを傷つけてどうするんだ！

「悪い、雪乃！　今のは言いすぎた。本当に、ごめん……」

頭は急速に冷え、自分の軽率な発言を後悔する。罪悪感から顔を上げていられず、俺はうつむきながら謝罪の言葉を述べた。

すると、雪乃が首を振る気配が伝わってきた。

「べつに謝らなくていいよ。大和がそう言いたくなるのもわかるし……。わたし、二年間も迷惑かけっぱなしだったから……」

「そんなことねぇよ！　少なくとも俺は、お前といるのが楽しいから――あ？」

雪乃の言葉を否定したくて、感情のままに顔を上げ――たところで俺の表情が固まった。

理由は単純明快、雪乃がさっきとは別の理由で目に涙を浮かべ、肩を震わせていたから。……いや、こんな回りくどい言い方はやめよう。こいつ、笑いをこらえていやがった！

「……お前、騙《だま》したな？」

「まさかここまできれいに引っかかるとは思わなかった。あんた、本当に純情ね。将来、悪い女に騙されないか心配だわ」

「心配してくれて、どうもありがとう。さて、現在進行形で悪い女に騙された件は、どう落とし前をつけてくれようか？」

青筋立てた笑顔で迫ると、雪乃はからかうような目つきのまま、軽やかに体を翻《ひるがえ》して俺に背を向けた。

どうやら泣きそうにしていたのも、本当に冗談のようだ。騙された身としては腹立たしい限りだが、ひとまず安心した。

「まったく……。今回は俺も悪かったからおあいこにしとくけど、そういう冗談はやめてくれ。俺も言葉には気をつけるから。お前が泣くとことか……もう見たくないんだよ」

思わず、本音が漏れる。

こいつが泣いたりふさぎ込んだりする姿は、二年前にうんざりするほど見てきた。そんで俺は、こいつの涙を見る度に自分の無力さを痛感してきたんだ。だからもう、こいつが泣くところを見るのだけは、本当にこりごりなんだ。

ただ、この本心が素直に伝わるのなら、俺も苦労はしてきていないわけで……。

「うわ……。なんか恋愛ドラマ観すぎの痛いやつみたいなこと言い出した。かっこいいこと言ってやったって雰囲気が、痛キモい」

「痛キモくて悪かったな！」

案の定、うちの幼馴染みは、俺の心をバッサリとぶった切りにきやがった。

いや、確かにちょっと思ったけどさ。今の俺、ちょっとかっこよかったかも、とか心の片隅で確かに思っちゃったけどさ！　そこは流して、素直にこちらの本心を受け取ってくれてもいいんじゃないかな!?

まじめなこと言って損したよ、ちくしょう……。

「まあ、それはさておき、確かに今のは私もふざけすぎた。からかって、ごめん」

「最初からそれだけ言っていただけると、俺の心もズタズタにならずに済んで、ぜひ次回からはお気をつけいただきたい！」

「はいはい」

手をひらひらと振りながら、雪乃は家の前の通りを歩き出す。本当にわかってんのかな、こいつは。

「──そんなに心配しなくても平気よ。あんたなら大丈夫。あんたなら何があっても、きっとひとりになったりしない。わたしが保証してあげるから」

「あん？　なんのことだよ」

「わかんなくていい。こっちの話だし。あんたはやっぱり、わたしが体張るだけの価値がある人間だってだけ」

「なんだ、それ。わけわかんねぇよ」

あとを追う俺に、雪乃がよくわからんことを言う。

体張るって、どういう意味だ？　もしかして、その妙に気合入った服装のことだろうか。こいつ、俺に気でもあるのかな。

「あ、一応忠告しておくけど、あんたに気があるとかそういうことじゃないから」

やっぱりこいつは、天才を超えてもはや超能力者の域に入ってきていると思った。

頼むから、俺の心を読まんでくれ！

家を出た俺たちは、雪乃の要望で天根駅前までやってきた。二年ぶりに髪を切るため、美容院を予約してあるらしい。ここら辺は、〝一度目〟の世界と同じ流れだ。

田舎とはいえ、さすがに市の中心部だけあって、駅前は人通りも多い。おかげで昔ほどではないとはいえ人見知りである雪乃は、借りてきた猫のようにおとなしくなっていた。口数も減り、一回にしゃべるワード数も少なくなっている。家から出たときとは大違いだ。

「おい、雪乃。お前が予約したっていう美容院、どこにあるんだよ」

「駅から五分くらい。これ、地図」

雪乃は必要最低限のワード数で返事をして、地図を表示させたスマホを差し出してくる。

そこには、なんとなく見覚えのある地図が表示されていた。〝一度目〟の世界でも見ているのだから、見覚えがあるのも当然か。美容院の場所は、これっぽっちも覚えていないけど。

市街地での移動は、雪乃よりも俺の方が得意だ。雪乃からスマホを受け取り、俺が先導する形で美容院を目指す。

ちなみに雪乃は俺とはぐれないようにするためか、俺のTシャツの裾を握っている。それも、しわになりそうなくらいがっしりと。

なんだか小さな子どもを連れて歩く親の気分だ。年ごろの男女のお出掛けなのに、色っぽさがこれっぽっちも感じられない。

雪乃がネットで予約したという美容院は、駅から延びる大通りから路地を一本入ったところにあった。店の中に入ると、待合スペースにも何人かお客さんがいる。立地がいいこともあって、けっこう賑わっている店のようだ。

それはいいんだけど……美容師さんもお客さんもみんな女性なので、そこはかとなく居心地の悪さを感じる。ぶっちゃけ、入っていきづらい。

「……雪乃、俺さ、近くの本屋で時間つぶしてきてもいいか？　お前が髪切り終わるころには戻ってくるからさ」

「……却下」

「いや、でも……。俺、場違い感が半端ないんですが……。お前が髪切ってる間、ここにひとりで座って待っているとか、マジできついんですが……」

「……黙って座れ」

「……はい」

小声で脱出の相談をしてみたが、雪乃にあえなく却下された。こいつも慣れない美容院にひとりは耐えられないらしい。俺を見上げる鋭い眼光に、〝絶対に逃がさん〟と言わんばかりの強い意志を感じた。それがあまりに強すぎて、下手に逆らえない。

いつまでも入り口に立ち止まっていては店の迷惑なので、おとなしく待合スペースに入る。ふかふかで座り心地のよいソファーなのに、まったく心地よく感じられない。気にしすぎだとわかっているけど、周りのお客さんから訝しげな視線を向けられている気がした。帰りたい。帰れないけど。

ちなみにこれ、〝一度目〟の世界でも逃げられなかった。ここら辺は、歴史が変わることもないようだ。それが正しい流れとわかっていながらも、少し残念だ。

そのまま何をするでもなく、ふたり並んでソファーに座って、雪乃の順番が回ってくるのを待つ。俺はこの環境に、雪乃は自分の順番が回ってくることに緊張しているせいで、会話のひとつもない。清潔で明るい店内の雰囲気に反して、俺と雪乃の周りだけ空気が異常に重苦しかった。

「真上さん、お待たせいたしました。こちらへどうぞ」

無言の中で待つこと十五分。ようやく雪乃の番が来たようだ。物腰やわらかな美人の美容師さんに呼ばれ、雪乃がブリキ人形のようにぎくしゃくした足取りで店の奥へ歩いていく。

一方、待合スペースにひとり取り残された俺は……早くも心が折れかけていた。一介の男子高校生に女性向け美容院でひとり待機は、ハードルが高すぎる。

備えつけの雑誌を読もうにも、女性向けファッション誌しか置いてないし。こんなことなら、家から文庫の一冊でも持ってくるべきだった。〝二度目〟なのに、なんでそんなことも思いつけなかったよ、一時間前の俺！

とはいえ、今ごろになって後悔してもどうしようもない。仕方ないので最後の手段として、スマホを取り出す。

俺、基本的にソシャゲとかはやらない派なんだけど、今だけは宗旨替えだ。適当に脳トレ系のアプリをダウンロードして、無心で脳を鍛える。

こういう系統のゲームは、一度気合を入れてやり始めると、けっこうハマる。おかげで、居心地の悪さも気にならなくなった。文明の利器、万歳。

気がつけば、あっという間に一時間ほどの時間が過ぎていた。

「……お待たせ」

不意に頭上から、聞き覚えのあるそっけない声が聞こえてきた。雪乃だ。どうやら終わったらしい。

ゲームもちょうど区切りがついたところだったし、ナイスなタイミングだ。

「おう、けっこう長かった……な？」

何気なく顔を上げ、思わず呆然と雪乃を見つめてしまった。……今日、このパターン多いな。

でも、仕方がないだろう。髪型自体は〝一度目〟の世界で見たことがあっても、服装の違いひとつでここまで印象が変わるとは思っていなかったんだから。

適量にすいて長さを整えたからか、一時間前のように重たい印象も受けない。それに、もともと雪乃の髪は色素が薄いから、外から差し込む陽光で、きらきらと輝いて見える。何より、すっきりした前髪も、ゆるく巻いた長い後ろ髪も、今の雪乃のガーリーな装いにとてもよく似合っていた。

「あらあら。彼氏さん、見惚れちゃっていますね」

「なっ！　いや、こいつは彼氏じゃなくてただの幼馴染みなんで！」

美容師さんの言葉を、雪乃が真っ赤になって否定する。ツッコミのときは、人見知りも一瞬引っ込むんだな。というか、テンパって人見知りどころじゃないのか。

かくいう俺も、こいつの家に迎えに行ったとき以上の衝撃を受けて、ろくな反応を示せていないが。

「ほら、彼氏さんも黙ってないで、何か言ってあげてください。さあ、遠慮せずに！」

俺が無反応でいると、美容師さんが肩を叩いてきた。雪乃が否定したにもかかわらず、いまだに彼氏認定のままだな、この人。べつにいいんだけどさ。

けど、何言えばいいんだ？　気の利いたセリフなんて、急に思いつかねぇぞ。

そうやって何を言うべきか悩む俺の姿が、雪乃の目には言うほどの感想がなくて困っているように見えたらしい。不機嫌そうなオーラを漂わせ、俺のことをにらみつけてきた。

「……似合わないって思うなら、はっきり言えば？」

「いや、そんなことない！　すげぇいいと思うぞ。服装とも合ってるし、すげぇかわいいと思う！」

ぶすっとした顔の雪乃に、あわてて思った通りの感想を並べる。焦っていたせいで、もはやド直球だ。他のお客さんや美容師さんが見ている前で、恥ずかしいことこの上ない。

「……そう。ふーん……」

ただ、幸いなことに雪乃のトゲトゲしたオーラはおさまってくれた。そっぽを向いてしまったが、これは照れているときの反応だ。どうやらさっきのは、褒め言葉として認めてもらえたらしい。ド直球になってしまったことが、逆によかったのか？

なお、雪乃の隣で美容師さんが、グッジョブとばかりに最高の笑顔でサムズアップしているが……うん、気にしないでおこう。雪乃を連れていったときは物腰やわらかに見えたのに、ノリが洋孝と同じだな、この人。

「ほら、そんなところでボサッとしてたら、店の迷惑じゃん。もう行くから、さっさと準備してよ」

俺が危機を乗り越えたことにほっとしていると、雪乃が早口にまくし立ててきた。

雪乃が会計をしている間に、俺もスマホをしまって待合スペースから出る。

「どうもありがとうございました。またのご来店をお待ちしております。――デート、頑張ってくださいね！」

ノリがいい美容師さんに見送られ、俺と雪乃は若干顔を赤くしたまま美容院をあとにした。

美容院が見えなくなったところで、雪乃はまた俺のTシャツの裾を握ってくる。美容院でのやり取りが頭に残っているせいか、この保護者による引率《いんそつ》状態も少しばかり照れくさい。雪乃の見た目が美容院へ行く前より格段によくなっているから、なおさらだ。

ちなみに気恥ずかしいのは雪乃も同じだったようで、今は裾を軽くつまむ程度になっていた。

「あー、これからどうするんだ？　行くところは決めてあるのか？」

「……ミルキーウェイに行ってみたい」

雪乃が、ギリギリ聞き取れる大きさの声で答える。

そういえば〝一度目〟の世界でも、このあとミルキーウェイで過ごしたんだったな。今日はいろいろと衝撃を受けることが多すぎて、すっかり忘れてた。

「んじゃ、行くとするか」

「……うん」

裾を握られた連結状態のまま、雪乃を引き連れて慣れた道を歩き始める。

ふたりとも言葉少なく、かといって険悪というわけではない。なんとも不思議な、しかしどこか心地よい気分で、俺は街を歩いた。

「あー……。今日は、ほんとよく歩いたな……」

太陽が沈み、月と星が輝き始めた空をバス停から見上げる。

結局あのあと、ミルキーウェイで一時間ほどティータイムを楽しみ、雪乃が行きたいという雑貨店やら書店やらをはしごした。そのまま駅ビルのレストラン街で夕食を食べ、こうして帰ってきたのだ。

雪乃のファッションなど〝一度目〟の世界との細かい違いはいくつかあったが、それ以外は一切問題ない。歴史は、俺が知っているのとほぼ同じ流れで進んでいる。

むしろ、一番問題なのは――。

「もう歩けない……。わたし、やっぱり脱引きこもりやめる……」

うちの幼馴染みが、軟弱すぎることだろうか。

いや、二年間も家に引きこもっていたのに、初日からいきなりこれだけ歩けば当然かもしれないが……。俺だって疲れたくらいだし。

家までは、このバス停から徒歩五分。しかし雪乃は疲れ切ってしまったのか、バス停のベンチでぐでーんとしている。

……仕方ない。

「ほれ」

もう歩けないらしい雪乃の前で、背を向けてしゃがみ込む。おんぶの構えだ。

「……何？」

「家までおぶってやる。さっさと乗れ」

「……恥ずかしいから嫌なんだけど」

「疲れて動けないんだろ？　それに、足も軽く靴擦《くつず》れしてるだろ？」

こいつ、バスに乗っているとき、足首あたりに手を当てて顔をしかめていたからな。

はじめて履くサンダルっぽかったし、たぶん正解だ。

実際、背後から図星を突かれた雪乃のうめき声が聞こえてきた。

「ほら、意地張ってないでさっさと乗れ。誰か来たら、余計恥ずかしくなるぞ」

ダメ押しでひと言つけ加えると、背後でもぞもぞと動く気配が伝わってきた。直後、背中に雪乃がつかまってきたので、「よっこいしょ」と立ち上がる。

「重いって言ったら、ぶっとばすから」

「むしろ軽すぎるくらいだ。小学生でもおぶっているみたいだぞ」

言った瞬間、後頭部を殴られた。しかも、グーで。「軽い」って言っても殴られるなんて、理不尽すぎる。

「どうせわたしは、夏希みたいに発育よくないから！　貧相なスタイルで悪かったわね！」

「まあ確かに、あいつはお前と違って、中学んときから、どんどんスタイルがよくなっていったけどな……。そして今ではスタイル抜群と呼べる域だが……」

「思い出しながら比べるな、バカ大和。もう下りる！」

「ちょっと待て！　背中で暴れるなって。転ぶだろうが！」

じたばた暴れる雪乃をなだめつつ、どうにか体勢を整える。疲れているせいか、雪乃の抵抗が長続きしなかったので助かった。

まだ不機嫌そうな雪乃を背負ったまま、家に続く道を歩く。

「こうしてると、小さいころのこと思い出すな。お前、昔から体力なくてさ。遊び疲れたお前を、いつもおぶって家に帰ってた」

「うっさい！　恥ずかしいこと思い出させるな」

「悪い。でも、またこうやってお前と出掛けられたのが、どうにもうれしくてさ」

 軽く声を弾ませながら言うと、背後から息を呑む気配がした。雪乃はそのまま何も言わなくなったので、俺も黙ったまま歩く。

するると、家が見えてきたところで雪乃がぽつりとつぶやいた。

「わたしも……久しぶりに外に出て楽しかった。大和とまたこうやって遊べて、すごくうれしかった」

それが俺の言ったことに対する答えだとわかり、「そっか」と相槌《あいづち》を打つ。

「だから、わたしも決めた」

「決めた？　昨日といい、今日といい、お前、決心してばっかだな。で、今度は何を決めたんだ？」

「昼間、『あんたには体張る価値がある』って言ったじゃん。あれ、少し修正することにした。大和がずっと笑っていられるように、今からわたしも、わたしにできることをする。……全力で」

真剣みを帯びたその声につられ、肩越しに背中の雪乃を振り返る。そこにはいつもの仏頂面ではなく、芯の通った真剣な顔があった。

「そっか……」

視線を前に戻し、もう一度相槌を打つと同時に、自然と笑みが零れた。

俺がずっと笑っていられるように、か。

雪乃が何を思ってそれを言っているのか、俺にはわからない。

けど、その言葉は未来から戻ってきた俺にとって、何よりの励みになるものだ。雪乃がそう思っていてくれるなら、きっとこの世界ではうまくいく。あの運命の日を越え、こうして笑い合える日々が続くに違いない。

昨日と同じ満天の星空を見上げ、俺は素直にそう思った。

3

「は？　『遠江《とおえ》ワンダーランド』？」

　月曜の朝、騒々しい教室内に夏希の困惑気味な声が響く。それにうなずき返しながら、俺は夏希とその隣でおもしろそうに話を聞いている洋孝へ、あらためて誘いをかけた。

「そう。今度の海の日にさ、みんなで行かないか？」

「オレはべつにいいけど、なんでまたいきなり遠江ワンダーランドなんだ？」

「しかも、海の日って来週じゃない。ずいぶんと急な話ね」

　ふたりは俺からの突然の誘いに対し、口々に疑問を挟んできた。

　しかし、この疑問はすでに経験済み。俺は、昨日の夜に雪乃を家へ送り届けた際に交わした会話を思い出しながら、理由を説明した。

「実は、一昨日の七夕に雪乃が脱引きこもり宣言をしてさ。昨日、リハビリがてら駅のあたりを散策したんだけど、せっかくだからもっと楽しいところにも行きたいなって思ってな」

「で、みんなで遊園地と……。雪乃は行くって言っているの？」

「大丈夫。昨日誘ってみたら、雪乃も行きたいって言ってたぞ」

まあ、素直には言わなかったけどな。そっぽ向きながら、「つき合ってあげてもいいけど」って興味ないように装っていたけどな。

「大和の幼馴染みが来るのか。でもそれなら、オレも一緒に行っていいのか？　オレ、その子とまったく面識《めんしき》ないぞ。確か、すごく人見知りなんだよな」

「ああ、それも大丈夫だ。あいつ、人見知りの方も克服しようと思っているらしくてさ。俺と夏希の友達なら会ってみたいって言ってた」

ここら辺については、雪乃もわりとあっさりＯＫを出してくれた。〝一度目〟の世界では、もう少し悩んでいたんだけどな。昨日の服装や行動といい、この世界の雪乃は、やはり少しポジティブというか積極的だ。個人的にはいい傾向だと思うので、文句はないが。

「で、どうかな？　都合がつかないようなら、無理にとは言わないけど……」

「私はいいわよ。私も雪乃に会いたいし」

「オレも乗った！　みんなで遊園地とか、最高に楽しそうじゃん！　テストの打ち上げも兼ねて、パーッといこうぜ！」

俺がもう一度頼むと、ふたりはふたつ返事で了承してくれた。持つべきものは、理解のある友達だな。〝一度目〟の七月と歴史が微妙に変わったりしているから、少し心配だったんだが……ふたりとも変わりなく参加してくれて助かった。

なお、洋孝についてはお決まりのサムズアップをしながら、チラチラと夏希の方をうかがっていた。こいつ、承諾した一番の理由は夏希が行くからだな。わかりやすいやつだ。

ちなみにこの男、この間の期末テストで数学がついに赤点ラインを下回ってしまった。パーッと打ち上げられるように、明日の追試はきちんと合格してこいよ。

と、そこでチャイムが鳴り、担任が教室に入ってきた。

「おっと、いけねぇ。そんじゃあな、大和」

「またあとでね」

席に戻るクラスメイトの波にまぎれ、洋孝と夏希も各々の席に帰っていく。

これで記憶にある通り、全員参加が決定だ。俺は担任からの連絡を適当に聞き流しつつ、窓の外を眺めながら一週間後に思いを馳《は》せた。


約束から一週間後。七月十六日、海の日。

平日よりも早く起きた俺は、手早く自分の準備を済ませ、雪乃の家に直行した。

案の定寝過ごしていた雪乃を起こし、今日は俺が朝食を用意してやる。それから、予想を裏切らず二度寝していた雪乃をもう一度起こして、ふたりででき立ての朝食を食べた。今日はごはんとみそ汁、焼き鮭に卵焼きという完全和食メニューだ。

低血圧の雪乃は、食事中も半分寝ているような状態だ。とりあえず朝食を取り終わったところで雪乃に洗顔と歯磨きをさせ、身支度を整えさせるために自室へ放り込んでおいた。

「雪乃〜、準備は終わりそうか〜？」

食器洗いを済ませながら、二階へ声をかける。しかし、返事はない。一瞬、三度寝していないか心配したが、耳を澄ますと二階からガサゴソと動く音がするので大丈夫っぽい。あいつも女の子だから、準備にだって時間がかかるのだろう。できればそれを見越して、もう少し早めに起きしてほしかった……。

後片づけは一通り終わったので、雪乃が出てくるまでのんびりとコーヒーを飲みながら、テレビを見て過ごす。

しばらくすると、階段を下りる軽い足音が聞こえてきた。

ソファーから後ろを振り返ると、リビングに顔を出した雪乃と目が合った。

今日の雪乃はライムグリーンのノースリーブサマーニットに、膝丈の白いスカートという服装だ。髪はふんわりと三つ編みにしている。化粧は相変わらず薄めか。

うん、すごく似合ってる。まだ眠たいのか、目つきが普段の三割増しで悪いけど。

「おう、意外と早かったな。コーヒー飲むか」

いつもより低めの声で返事をしながら、雪乃が隣に座る。俺はそれと入れ違いにソファーから立ち、雪乃に濃い目のコーヒーを淹れてやった。

淹れ立てのコーヒーを持ってソファーに戻ると、雪乃は早くもうつらうつらとしていた。

「頼むから、三度寝はしないでくれよ」

呆れながらマグカップを差し出すと、雪乃は緩慢な動きでそれを受け取って、ちびちびと飲み始めた。普段なら、ここらで「うっさい！」という文句のひとつでも飛んでくるもんだが、今は睡眠欲が勝っているようだな。「うん……」とぼんやりうなずくだけの薄い反応だ。

それでも、コーヒーを飲み終わるころには意識もしっかりしてきたらしい。動きもだいぶ機敏になってきた。

「んじゃ、そろそろ行くか」

雪乃が十分に活動可能となったところで、家を出る。天気は快晴。今日も暑くなりそうだ。

「雪乃、今日はたぶん、この間の日曜日以上に歩き回るぞ。大丈夫そうか？」

「問題ない。この一週間で散歩とかしながら鍛えたし」

バス停に向かいながらふと訊《き》いてみると、憮然《ぶぜん》とした表情で返された。

一応、リハビリはきちんとやっているようだな。一週間の散歩でどれだけの効果があるのかは知らないけど。

八日のときと同じく、バスで天根駅を目指す。夏希たちとは、そこで八時半に合流予定だ。今は八時二十分だから、約束の時間ギリギリだな。少しのんびりしすぎた。

「雪乃、ちょっと急ぐぞ」

バスを降りたところで雪乃の手を取り、小走りで集合場所へ急ぐ。駅前広場の時計塔前に出ると、すぐに見慣れたふたつの顔を見つけた。

「悪い、少し遅くなった」

「大丈夫、時間通りよ」

「そうそう。ノープロブレムだ」

軽く息を切らせる俺と雪乃に、夏希と洋孝が笑いかけてくる。どうやら時間には間に合ったようだ。

「久しぶり。二年ぶりね、雪乃」

「……うん。久しぶり、夏希」

夏希が、俺の後ろで息を整えていた雪乃に優しくほほ笑んだ。

その言葉を受けた雪乃は、照れくさそうに頬を染めながらうなずく。

そんな雪乃を、夏希はしっかりと抱きしめた。

「ずっと心配してた。でも、あなたの気持ちを思うと、軽々しく会いに行っていいのかもわからなくて……。二年間、一度も会いに行けなくて、ごめんなさい。それと、元気そうでよかったわ」

「ううん、夏希は悪くない。わたしが勝手に引きこもって、大和以外の人を避けていただけだから。心配してくれて……ありがとう」

夏希の肩に顔をうずめ、雪乃が穏やかな声音で言う。二年の空白期間があっても、こいつらの関係は全然変わっていなくて、俺まで安心してしまう。

「大和、大和！　オレにも紹介してくれ。なんか今、オレの蚊帳《かや》の外《そと》感が半端ない！」

「あ、そうだった。悪い、お前のことすっかり忘れてた」

「……お前、幼馴染みが絡むと他に対して大概ひでぇな」

ふたりの再会に感動していたら、洋孝が明るいんだか寂しいんだかわからん顔で肩を叩いてきた。

本当なら、この感動の再会をもう少し堪能《たんのう》したいところなんだがな……。誘った手前、さすがにこのまま洋孝を放置するのもかわいそうだ。仕方なく、いまだ抱き合っている雪乃と夏希の肩を叩いた。

「お取り込み中、すまん。後ろでバカが寂しがっているので、少し時間をもらっていいか？」

ふたりの注目を集めながら、後ろの洋孝を親指で指差す。

当の本人から「おーい、大和くーん。バカはひどくないかな～。オレ、泣いちゃうよ～」と聞こえてきたが、スルーする。

「雪乃、こいつが碓氷洋孝な。俺と夏希がいつもつるんでいる男だ」

「はじめまして、真上さん！　お噂はかねがね。大和と夏希のダチの、碓氷洋孝です。気軽に洋孝って呼んでくれ！」

「……うん。よろしく、洋孝くん。真上雪乃です。わたしのことも……雪乃でいい」

洋孝はいつも通りフレンドリーに、雪乃は少し緊張した様子だけど、にこやかに言葉を交わす。しかも驚いたことに、いきなり握手までしやがった。

「雪乃、なんだかすんなり打ち解けたわね。ちょっとびっくりかも」

「俺も驚いた。人見知りを治したいって言ってはいたけど、いきなりここまでとは思わなかった」

目を丸くしながら、夏希と小声でささやき合う。

この世界の雪乃の積極性を加味しても、驚きの光景だ。これも洋孝の対人スキルの為《な》せる業《わざ》なのか。なんか微妙にモヤッとするけど、やっぱりすごいな、洋孝。

「さてと、自己紹介も済んだところで、そろそろ行きましょうか。いつまでもここに立っていたって、しょうがないし」

パンパンと手を叩きながら、夏希が慣れた口調で移動を促してくる。

さすがは才色兼備の優等生、こういう場でのまとめ役もお手の物だ。本当は俺がやるべきなんだろうけど、こういうのは適材適所だしな。お任せしよう。

俺たちは夏希のあとに続き、ぞろぞろと駅の改札へ向かった。


遠江ワンダーランドは、俺たちが住む天根市の隣の市・遠江市にある遊園地だ。天根市に住む人間なら、誰でも一度は行ったことがある地元の遊園地ってやつだな。俺も、小学生のころに何度か行ったことがあった。

当然ながら千葉の浦安《うらやす》やら大阪やらにあるテーマパークほどの規模はないけど、一日楽しむのに十分なアトラクションは揃っている。

電車に二十分ほど揺られて遠江駅に着いた俺たちは、そこから遊園地方面行きのバスに乗車した。祝日とあって、バスには俺たちと同じく遠江ワンダーランドに行くと思われる親子連れやカップルの姿も見られる。

と、そんな幸せいっぱい夢いっぱいの車内風景はいいのだが……。

「……なあ、大和」

「……なんだ、洋孝」

「この席配置は……その、オレ的にいろいろと残念極まる感じがするんだが、そこんとこ、お前はどう思うよ」

ふたりがけの席で窓側に座った洋孝が、なんだか遠い目をして俺に問いかけた。ガタイがいいこいつの隣だと、ふたりがけの席も少し窮屈《きゅうくつ》に感じるな。

幸せいっぱいな車内において、このシートだけがお通夜《つや》ムードだ。いや、正確に言うなら洋孝が圧倒的にテンションダウンしていた。そんなに俺の隣が嫌か。

「こういうのってさ、普通、男女ペアになって座るもんじゃねぇのかな……。つうか、俺はそうなるもんだとばかり……」

「仕方ないだろう。夏希が絶対に雪乃の隣がいいって言うんだから。あいつらだって積もる話もあるだろうし、どうせ三十分くらいの辛抱《しんぼう》だ。耐えろ」

ついに隣でむせび泣き出した友人に、救いのない言葉を送る。

そんな不毛な時間をすごしていると、窓の外にジェットコースターのレールや観覧車が見えてきた。

「お！　外見ろよ、大和。見えてきたぞ！　オレ、ここ来るの小学校の卒業遠足以来なんだよな～。うわ、やべぇ！　テンション上がってきた!!」

遊園地の外観を見た瞬間、隣のバカのテンションが一気に回復した。こいつの精神構造、いったいどうなっているんだろうな。ガキみたいだ。

俺が洋孝の謎テンションに呆れている間もバスは走り続け、無事に遊園地前のバス停に到着。他の下車する乗客の波に乗って、俺たちもバス停に降り立った。

「よっしゃーっ！　遊び尽くすぜ！」

ゲートでフリーパスつきの入場券を買い、すでにマックスハイテンションの洋孝を先頭に園内に入る。久しぶりに来た遠江ワンダーランドは、記憶と違わない賑やかな活気に満ちていた。

「ここに来たら、まずはやっぱりあれだよな！『ディメンション・ブレイカー』！　みんな、ジェットコースターは大丈夫か？」

「俺は大丈夫。お前らは？」

勢いよくジェットコースターを指差す洋孝に、問題ないことを伝える。雪乃と夏希もうなずいているので、満場一致でジェットコースターに向かう。……夏希のやつ、微妙に表情が引きつってたけど、大丈夫かな。こいつ、確か……。

それはさておき、ディメンション・ブレイカーはこの遊園地の目玉とあって、すでに搭乗待ちの列ができていた。だけど、開園からそれほど時間も経っていないからか、今なら十分くらい待てば乗れそうだった。駆け足で列の最後尾に並ぶ。

「これ、ふたりずつ並んで乗るやつだよな。組分けはどうする？」

列に並んですぐ、洋孝がソワソワした様子で切り出した。早速バスでのリベンジを果たすつもりなのだろう。

しかし、相手は〝鈍感女王〟の名をほしいままにする女・夏希だ。一筋縄ではいかない。

「私、雪乃と乗りたいかな。なので、私と雪乃、大和と洋孝で」

夏希のひと言を受けて、洋孝撃沈。一気にテンションダウンして、お通夜ムードに戻った。……哀れだな、こいつ。

仕方ない。俺もこのまま野郎ふたりでジェットコースターは避けたいし、助け舟を出すか。

「ここはグーパーじゃんけんでいいんじゃないか？」

「わたしも、それでいいと思う」

「オレも賛成！　そうしよう、それがいい！」

俺の提案に、雪乃も小さくうなずく。洋孝にいたっては諸手《もろて》を挙げての大賛成だ。

「そう？　みんながそう言うなら、べつに構わないけど」

三対一ということもあって、夏希もあっさり折れた。こいつは、こういうところも優等生だな。仲間内であれば、我を通そうとして場の空気を壊すことがない。もっとも、少し聞き分けがよすぎるとも言えるが。

ともあれ、俺のじゃんけん案が無事に採用され、すぐさま実行。結果、俺と夏希がグー、雪乃と洋孝がパーで、この組み合わせとなった。

「お、オレの右手よ……。今このときほどお前を恨んだことはないぜ……」

「右手に当たるな。お前の運がないだけだ」

自身の右手を恨めしそうに見つめる洋孝の後頭部を、軽くはたいておいた。

洋孝の運のなさはさておき、今はジェットコースターだ。次元を壊すなんて大仰な名前がついているだけあって、このジェットコースターは最高時速一三〇キロ超で垂直に回転したりループを回ったりする。

その威力たるや、いつもクールな夏希が俺の手を握りしめて大絶叫《だいぜっきょう》してしまうほどだった。コースターが止まっても、生まれたての小鹿のようにプルプル震えていた夏希の姿は、ちょっとかわいかった。……てか、やっぱりこのアトラクション、ダメなんじゃん。〝一度目〟のときも、こんな感じだったし。無理しなくていいのに……。

「夏希、大丈夫？」

「あ、ありがとう、雪乃。これくらい大丈夫。ど、どうってことないから……」

俺や洋孝だといろいろ問題があるので、意外とこの手の乗り物に強い雪乃が夏希に肩を貸してコースターから降ろしている。

対する夏希はいまだに膝が笑っているが、負けん気の強い性格を発揮して平気なふりをしていた。こいつも相当の筋金入りだな。

夏希が早速グロッキー状態になってしまったので、回復するのを待ってから他のアトラクションに向かった。最大の絶叫系を真っ先に片づけてしまったので、あとはわりと落ち着いたものだ。夏希が再び小鹿のようになることもなく、みんなでワイワイ騒ぎながらアトラクションをはしごしていく。

ちなみにディメンション・ブレイカーに乗ったあと、ふたり乗りゴーカートと急流滑りでもペア決めじゃんけんをしたのだが、洋孝は常に俺か雪乃とペアになった。バスと合わせて、これで四連続だな。ある意味すごいかもしれない。

そして現在、お化け屋敷の前で四度目のじゃんけんを……。

「じゃんけんぽん！」

俺、パー。雪乃、グー。夏希、パー。洋孝……グー。

うん、もう今日はそういう星の巡りなんだろう。〝一度目〟の世界では、こんなことなかったはずなんだけどな。おかしなところで歴史が変わっている。

「オ、オレは……」

洋孝が、大事な一戦に負けたボクサーのように天を仰いだ。

さすがにこれはかわいそうすぎるし、そろそろ手を貸してやるか。こいつにも、いい思い出のひとつくらいは作らせてやりたいしな。

「なんかペアが似たり寄ったりなものばかりになっているからさ、今まで出たことないペアにしてみないか？」

雪乃と夏希に、それとなく提案してみる。ここまでのペア決めで出てない組み合わせは、俺と雪乃、洋孝と夏希のペアだけだ。これで確実に洋孝が夏希と組める。

「でも、もうじゃんけんもしちゃったじゃん。今さらペア変えなくても、次のアトラクションでそうすればいいと思うけど？」

ただ、俺の提案に雪乃が異を唱えた。

夏希ならまだしも、雪乃が反論してくるなんて思わなかった。

同時に、胸によくわからない不快感が湧き上がってくる。驚きと胸に湧き上がるモヤモヤで、思わず雪乃をにらんでしまう。

「……お前はそれでいいのかよ」

「いいのかよって、何が？」

「……洋孝とふたりでお化け屋敷に入るのが」

「べつに問題ないでしょ。それともあんた、なんか変なこと考えてる？」

「いや、そういうわけじゃないけどさ……」

雪乃の正論に言い返すこともできず、奥歯を噛んで押し黙る。

なんだ、これ。胸焼けしたみたいにムカムカする。

本来なら、これは喜ぶべきことなのだろう。人見知りを治したいと言っていた雪乃が、俺や夏希以外とも積極的に行動しようとしている。それは、雪乃の今後を考えたら歓迎するべき変化だ。それだけ雪乃に心を開かせた洋孝の人徳にも、感謝すべきなんだと思う。

なのに、素直に喜べない俺がいる。雪乃の言う通り、このペアでお化け屋敷に入ることに、深い意味はない。それに、洋孝には夏希っていう想い人がいる。それはわかっている。

だけど、雪乃が洋孝とお化け屋敷に入ることに、拒否感を覚える俺がいた。

いいことなんだけど、雪乃と距離が遠くなったようで寂しくて、そんな勝手な思いを抱えている自分がみじめで……。そんな気持ちが、俺の中を満たしていく。

要するに、俺は洋孝に嫉妬してしまったのだ。あっさりと雪乃に認められてしまった洋孝の人望が、憎たらしいほど羨ましかった。そして何より、自分が雪乃の隣にいられないことが、たまらなく嫌だった。

……最低だな、俺。

俺と雪乃は単なる幼馴染みで、つき合っているわけではない。なのに、雪乃の自立を応援するとか言っといて、自主的にこの場を企画しておいて、いざ雪乃が周囲と打ち解け始めたらこれか。まさか自分が、こんなにも独占欲の強い人間だとは思わなかった。

「ねえ、大和。どうするの？　ペア、変える？」

夏希が心配そうに俺に訊いてくる。おそらく夏希は、純粋に雪乃の心の負担を気にしてくれているのだろう。

その後ろでは、洋孝も困ったような顔をしていた。表情を見るにこいつも、お化け屋敷に一緒に入るのが自分で本当に大丈夫か、と雪乃を心配しているようだな。

ちなみに洋孝からは、他にも〝夏希と入りたいな！〟という願望がだだ洩れしていた。むしろ、心配よりもこっちの願望の方が大きいくらいだ。少しはうちに秘める努力をしろや、バカ野郎。

洋孝の願望はさておき、今、俺が「じゃあ、ペアは変更で」と言ったら、こいつらは賛成してくれると思う。思うのだけど……。

「いや、雪乃の言うことも、もっともだ。決めちまったものを今さら変えるのもアレだし、このまま行こう」

自分の卑しさを実感してしまった俺は、素直にそう言うことができなかった。

「…………。それでいいなら、私も構わないけど……」

「……オ、オレも大丈夫だぜ！」

夏希はやや納得がいっていない口調で、洋孝はやせ我慢したような顔でお決まりのサムズアップをして、俺に同意した。

というか、マジで涙ぐむなよ、洋孝。気持ちはわからんでもないけどさ、それはさすがにペアになった雪乃に失礼だぞ。あとついでに俺が個人的に不愉快なので、一発殴ってもいいか？

ともあれ、ひと悶着《もんちゃく》あったがペアも決まったので、各々お化け屋敷に入る。比較的新しいアトラクションであるこのお化け屋敷に入るのははじめてだが、廃病院を模したセットは無茶苦茶いい出来だ。臨場感があって、けっこうおもしろい。

「ちょっと大和、歩くの早すぎ！　もうちょっとゆっくり歩いてよ」

「あー、悪い。これくらいでいいか？」

暗闇から夏希のおびえた声が聞こえ、俺の手をギュッと握りしめてくる。少し歩調をゆるめると、安心した様子が手から伝わってきた。

こいつ、ホラー系も苦手だったのか。ジェットコースターのときといい、今日は普段見られない夏希のオンパレードだな。なぜか得した気分だ。

と思っていたら、曲がり角から看護師の姿をしたゾンビが登場した。

「――ッ！　～～～～っっ!!」

瞬間、夏希が声にならない悲鳴を上げて、俺の腕に思い切りしがみついてきた。

そこまで密着されると、スタイル抜群である夏希のあれやこれやが押しつけられてくるわけで……。腕が得も言われぬやわらかさとあたたかさに包まれ、ついでに女の子らしい香りが鼻腔《びこう》を満たし、俺の体温が一気に上がった。

ここが暗がりで本当によかった……。今の俺の顔は、確実に真っ赤になっているだろうからな。

「ご、ごめん。その……驚いちゃって」

「あ〜、べつに気にするな。今のは俺も驚いたし」

パッと腕から離れて謝ってくる夏希に、曖昧に笑いながら応じる。ハプニング直後のせいか、お互いに少し気まずい。

ただ、この状況になっても夏希が俺の手を握って離さないのは、やっぱりどこかほほ笑ましく、かわいらしい。

普段は男友達と変わらない感じで接しているけど、こうしているとやっぱりこいつも女の子なんだなって思う。知り合ってもう五年くらい経つが、夏希にこんな感情を抱いたのははじめてだ。おかげで、ちょっと調子が狂ってしまう。

「まあ、あれだ。ここで立ち止まっていても仕方ないし、先に進むか」

「え、ええ、そうね……」

夏希が震えた声で同意しながら、何度もうなずく。暗くてはっきりしないが、目には涙が浮かんでいるように見えた。

やっぱ、今日のこいつはかわいいわ。なんだか小動物っぽくて、思わず頭をなでてやりたくなる。

ただ――そのとき、不意に夏希と雪乃が重なって見えた。自分勝手な思考であるとはわかっているけど、雪乃の顔が頭にちらついた瞬間、夏希をかわいいと意識してしまったことに罪悪感を覚えてしまう。

……いや、感じたのはそれだけではない。

今ごろは、雪乃と洋孝もこのお化け屋敷の中にいるはずだ。もしかしたら雪乃も、さっきの夏希のように洋孝へ……。その場面を想像した瞬間、胸の中にまたもどす黒いモヤのようなものが広がった。

俺はそのモヤを振り払うように、力一杯頭を振る。

「や、大和、頭振ってどうしたの？　も、もしかして、上に何かいるの？」

俺、さっきから本当に最低だ。自分で自分が嫌になる。

もはや涙声になった夏希が、混乱気味に訊いてきた。

「すまん、なんでもない。ちょっと前髪が目にかかって鬱陶《うっとう》しかっただけだ」

「そ、そう？　なら、いいけど……。な、何もないなら、さっさと行きましょう」

へっぴり腰の夏希に、「そうだな」とできるだけ優しく返事をする。この状態なら気づくことはないだろうが、こいつは必要以上に人を気遣うところがあるからな。余計な心配をかけないようにしないと。

胸の中に抱えたモヤモヤを必死に押し込め、俺は暗闇の中を進んでいった。

お化け屋敷を出ると、先に出てきていた洋孝と雪乃が待っていた。

「よう、お疲れ」

「悪い、待たせたか？」

「いや、オレたちもさっき出てきたところだから」

洋孝が雪乃の方に目をやったので、俺もつられてそちらへ視線を向ける。

俺たちの視線に気づいた雪乃は、こちらを無視するように視線をそらした。もしかしたら、ペア決めのときのことをまだ根に持っているのかもしれない。

「それはそれとして……大和くんよ、これはどういうことかな？」

「は？　どういうことって——あ……」

こめかみに血管を浮かせたまま笑顔で迫ってくる洋孝に気圧《けお》され、ようやく気づいた。

よく見たら、夏希がいまだに俺の手を握りしめている。さっき雪乃が視線をそらしたのって、もしかしてこっちが理由か!?

「あっ！　ごめんなさい！」

どうやら夏希も、自分の現状に気づいたらしい。あわてて俺の手を離した。恥ずかしさで頬を染め、居心地悪そうにしている姿は、学校でのキリッとした姿とは違う魅力に満ちている。

しかしその珍しい表情を堪能する間もなく、俺は洋孝の大きな手に首根っこをつかまれ、夏希たちから少し離れたところに連行された。

「大和く～ん？　オレたち、友達だよな？　何があったか、きっちり吐いてもらおうか？」

「苦しいから離せっての！　べつに何もなかったよ。……腕に抱きつかれた以外は」

「十分になんかあったじゃねぇか！　思いっ切りお化け屋敷のうれし恥ずかしイベント制覇してんじゃん！　なんて羨ましい思いしてんだよ、お前!!」

洋孝が俺の服の襟をつかんで、ガクガクと前後に揺する。隠すことのない嫉妬と羨望の表情が、怖いを通り越してもはや笑えるレベルだ。このままだと、ガチで血の涙でも流しそうだな、こいつ。

ただ、このまま揺すられているとこちらも酔いそうだ。とりあえず洋孝を落ち着かせる意味も込めて、俺もひとつ訊いてみることにするか。

「で、お前の方はどうだったんだよ。雪乃と……その、なんかあったりしたか？」

俺が言い終わったと同時に、洋孝の腕がピタリと止まった。

「オレの方は……本当に何もなかったよ。雪乃ちゃん、まったく怖がらないしさ。ゾンビ見ても無反応。そんでスタスタ先に進むんで、後ろからおとなしくついてった」

俺の襟首から手を離した洋孝が、曖昧に笑いながら言った。

そういえば雪乃は、ホラーやスプラッタにまったく動じないやつだった。確かに、ゾンビを冷めた目で見ながら歩く雪乃の姿が目に浮かぶ。

つまり、洋孝が言っていることに嘘はないだろう。第一、ここで洋孝が嘘をつく理由もメリットもない。これまた手前勝手な話だが、少し安心した。

ただ、それにしては洋孝の表情というか様子がおかしい気もする。嘘はついていないが、何かを隠している。そんなふうに見える。

ただ、それを問いただす前に、洋孝の方が口を開いた。

「とりあえず、状況はわかった。正直、羨ましすぎて夏希が抱きついたお前の腕に頬擦りしたいところだが……」

「……すまん。キモいんで、マジやめてくれ」

「ああ。オレも夢見が悪くなりそうなんで、やめておく。それと、今回の件はオレのじゃんけん運がなかったってあきらめとくよ。悪かったな、大和。強引に連行したりして」

「あ？　ああ……。俺もべつに気にしてないよ」

洋孝の潔い引き際に、呆気《あっけ》に取られたまままうなずく。

こいつは根が単純だからか、それとも器がでかいからか、こういうときにまったく引きずらない。妙な嫉妬を抱えている今の俺にとっては、それがとてもすごいことに思えた。

「そんじゃ戻るか、大和。いつまでも夏希たちを待たせてたら……変な誤解を受けちまう」

「それは想像したくないな……」

洋孝に肩を組まれたまま、雪乃と夏希のところまで戻る。肩を組んだ姿を見せる方が妙な想像される気がするけどな。もうどうでもいいや。

合流した俺たちは、そのまま次のアトラクションには行かず、遊園地内のレストランに向かった。

時刻は午後一時半を回ったところ。お昼時を少し外したことで、レストランは満席に近かったけど、待たずにテーブルに案内してもらうことができた。

「こういうところのメニューって、どうしてこうも高いかな～」

「気持ちはわかるけど、仕方ないでしょ。ぼやいてないで、さっさと決めたら？」

「でも、高校生の懐にこの値段は響くぜ……」

メニューを見ながらぼやく洋孝に、夏希が何を今さらという顔で応じる。それを半分聞き流しながら、俺は正面に座る雪乃をちらりと見やった。

お化け屋敷以降、どうにもぎくしゃくしたままだ。雪乃との間に、壁を感じる。

「雪乃、何にするか決めたか」

「……これ」

雪乃が、〝鶏ときのこのスープパスタ〟を指差す。そして、会話終了。まったく間が持たない。

食事中やそのあとも、ずっとこんな感じだった。俺と雪乃の会話は、まったく長続きしない。いつもこいつとどう話していたのか、わからなくなってくる。夏希と洋孝もそんな俺たちの空気を感じ取ってか、どこか気まずそうだ。

今日は、なんだかすべてがおかしい。〝一度目〟の世界と食い違うことは今までにもあったけど、今日のこれはどことなく質が違う気がする。決定的に歴史が変わってしまったわけではないが、どうしても焦りを覚えてしまう。

そんな微妙な空気の中、いつの間にか太陽は沈みかけており、遊園地の閉園時間が近づいてきた。

一日遊び回り、アトラクションは観覧車を残してすべて制覇している。よって、当然の流れのように観覧車に乗ってお開きにしようという話になった。

「――ごめん。わたし、ちょっとお手洗いに行ってくる」

「わかった。じゃあ、私たちはここで待ってるから」

「べつに待ってなくていい。次に行くの、観覧車でしょ。あとで追いかけるから、先に行って並んでて」

俺たちから少し距離を置いた雪乃は、夏希に向かってそう言うと、さっさと人ごみの向こうへ消えていった。

本人が「先に行け」と言うのだからと、俺たちも三人で連れ立って観覧車の方へ移動する。閉園が近いからか、観覧車の前にはそこそこの列ができていた。これは確かに、先に来ておいて正解だったかもしれない。三人で列の最後尾に並ぶ。

ただ、それから十五分ほど経っても、雪乃は戻ってこなかった。

「なあ、雪乃ちゃん、ちょっと遅くないか？」

「そうね。もう少しで順番も来ちゃいそうだけど……」

さすがに心配になり始め、三人で顔を見合わせる。試しに雪乃のスマホに電話をかけてみたが、気づいていないのか出なかった。

どことなく〝一度目〟の七月二十七日と似た状況で、胸がざわつく。

「もしかしたら、なんかあったんじゃないのか？　ちょっと様子見に行った方がいいんじゃ……」

「そうだな。俺、ちょっと行ってくるわ」

そう言い残して、列から飛び出す。すると、夏希と洋孝も列から抜け出して追いかけてきた。

「お前らまで来ることないんだぞ。せっかく並んだのに」

「バカなこと言わないで！　もし女子トイレの中で何かあったとしたら、あなたには何にもできないでしょ」

「状況が状況だ。三人で行こうぜ」

「……わかった。頼む」

ふたりの正論にうなずき返し、雪乃と別れた場所まで急ぐ。

予想していたことだが、そこに雪乃の姿はない。なので、園内マップを確認して一番近くのトイレまで行ってみる。

「ダメ！　中には誰もいなかった」

女子トイレの中を確認してきた夏希が、俺と洋孝に向かって首を振る。

もうここを離れたのか、それとも別のトイレに行ったのか。いずれにしても手掛かりがまったくないとなると、手の打ちようがない。念のため、もう一回雪乃に電話をかけてみるが、また留守電に切り替わってしまった。

「雪乃も、さすがにそんな遠くへは行ってないと思うんだけど……」

「くそ！　あいつ、どこで何やってんだ！」

心配そうにあたりを見回す夏希の横で、焦りのあまり頭をかきむしる。

〝一度目〟の世界では、ここで雪乃がいなくなるなんてことはなかった。いったい、何がどうなってるんだ！

焦りと不安がピークに達し、トイレの外壁に何度も拳を打ちつけてしまう。

もうわからないことだらけだ。どうすればいいのか、まったく見当がつかない。

すると、急に洋孝が俺と夏希に背を向けた。

「大和、夏希。お前ら、ここら辺を探してろ！　オレ、ひとっ走り園内を見てくるから！」

「待てよ、洋孝。それなら俺も一緒に……」

「お前の足と体力じゃあ、オレについてこれねぇだろ。それに夏希の言う通り、この近くにいる可能性が一番高い。こっちはオレに任せておけって！」

言うが早いか、洋孝はあっという間に走り去ってしまった。確かに、あのスピードについていくなんて、俺には不可能だ。あちらは、洋孝に任せておくしかない。

「大和、私たちも行くわよ。とりあえず近くのスタッフさんに声をかけて、雪乃を見なかったか訊いてみましょう」

「ああ……」

夏希に言われて歩き出そうとすると、足がもつれてつんのめってしまった。なんとか転ばずには済んだけど、膝が笑っている。

気がつけば、頭の中は悪い想像でいっぱいになっていた。雪乃がこのまま消えてしまうんじゃないか。そう考えると悪寒が走って、体が思うように動かなくなる。

意識してしまうと、あとは一直線に転がり落ちていくだけだ。例の発作が起こり、動悸が一気に激しくなった。呼吸は荒くなり、視界もどんどん暗くなっていき……。

「しっかりして、大和！　雪乃なら大丈夫。きっとすぐ見つかるから！」

世界が暗転する直前、夏希の声が鼓膜を震わせ、右手が優しい温もりに包まれた。

わずかに戻った視界に、細くてきれいな手に包まれた自分の右手が映る。ゆっくり顔を上げていけば、励ますように力強くこちらを見つめる夏希の顔があった。

俺が顔を上げたことで、夏希と視線が嚙み合う。眼鏡越しに見える夏希の澄んだ黒い瞳は、宝石のようにきれいだ。見ているだけで、なぜか動悸がおさまっていく。ブラックアウトしかけていた視界も、すっかり元に戻った。

「……ありがとう、夏希。もう大丈夫だ」

自分の足でしっかりと立ち上がり、夏希にほほ笑みかける。

今この瞬間、隣に夏希がいてくれてよかった。もし俺ひとりだったら、ここでぶっ倒れていただろう。こいつは本当に頼りになる友達だ。

「スタッフに訊いてみる、だったな。行こう！」

「ええ」

ふたりでうなずき合って駆け出す。あたりに注意を払いながら、近くにいるスタッフに雪乃の特徴を話し、ここら辺で見かけなかったかを尋ねて回る。

だけど、スタッフだって常に一か所に留まっているわけではないし、園内にはまだ多くの客がいる。片っ端から訊いて回ったが、雪乃らしき人物を見かけたスタッフはいなかった。

ただ、俺たちの様子に緊急度の高さを感じてくれたのだろう。スタッフのひとりが、「もしよろしければ、放送でお呼びかけいたしましょうか？」と申し出てくれた。

正直なところ、迷子の呼び出しみたいで雪乃が怒りそうだとも思ったが、今は状況が状況だ。背に腹は代えられない。あとで文句を言われるくらい、どうということはない。

俺は、申し出てくれたスタッフに深々と頭を下げた。

「すみませんが、お願いします」

「わかりました。では、こちらへ」

こちらを気遣うようにほほ笑んだスタッフが、俺たちを案内するように歩き出す。

スタッフの後ろを歩きながら、俺と夏希は顔を見合わせてほっと一息ついた。

ちょっと大袈裟《おおげさ》かもしれないが、さすがにこれで雪乃も気づいてくれるだろう。あいつが姿を見せたら、とりあえず「勝手にどこかへ行くな！」って説教しないと。

そうやって人心地ついていると、ズボンのポケットに入れていたスマホが突然震え出した。取り出して画面を見ると、洋孝からの電話だった。

「はい、もしもし」

『お、でたでた。――よう、大和！　雪乃ちゃん、見つかったぞ！』

「はあっ!?　どこで？」

思わず素っ頓狂《すっとんきょう》な声を上げて、その場で立ち止まる。夏希とスタッフが不思議そうにこちらを見ているが、それよりも雪乃だ。あいつ、どこで何してやがった。

『東エリアの迷子センターの近く。なんか、観覧車に向かう途中で迷子見つけて、迷子センターに連れていってたんだと。電話の方は、スマホがカバンの底に入っちゃってて、気づかなかったみたいだ』

何事もなくて本当によかったぜ、と洋孝が必要以上に能天気に笑う。

対する俺はどっと疲れを感じて、ため息を吐きながら肩を落としてしまった。

迷子を案内していて自分が迷子扱いされるって、ミイラ取りがミイラになってんじゃねぇかよ。本当に何やってんだ、あいつ。

『で、お前ら、今どこにいるよ』

「土産物屋の近く。スタッフさんに放送で呼びかけてもらおうとしてた」

『おおう！　そいつはギリギリだったな。そんじゃ、大体中間ってことでお化け屋敷の前で合流ってことでいいか？』

「ああ、了解。それじゃあ、あとでな」

安心で胸をなでおろしながら、電話を切る。

するると、早速夏希がいてもたってもいられないといった様子で詰め寄ってきた。

「雪乃、見つかったの？」

「ああ。なんか、迷子を迷子センターに連れていっていたらしい」

「は？　迷子センター？」

行方不明になった理由を聞いた夏希が、俺同様にポカンとした顔になる。やっぱりそういう反応になるよな。

ともあれ、開いた口がふさがらない夏希の横を抜け、俺は迷惑をかけてしまったスタッフのお姉さんに向かって再び深々と頭を下げた。

「すみません。行方不明の連れですが、もうひとりの連れが見つけたみたいです……。お騒がせしました」

「いえいえ、見つかったのなら何よりです。では、私はこれで」

お姉さんは嫌な顔ひとつせず、朗らかに笑いながら去っていった。そのホスピタリティには感服せざるを得ない。去っていくその背中に向かって、俺と夏希は感謝を込めてもう一礼した。

「それで、どこで合流するつもりなの?」

「お化け屋敷の前ってことになった。大体中間ってことで」

「そう。なら、早く行きましょう」

再びふたりになった俺たちも、お化け屋敷の方へと歩き出す。

今さらだが、こうして夏希とふたりきりで歩くのは、いつ以来だろうか。パッと思い出せないが、けっこう久しぶりな気がする。遊園地というデートスポットにもなる場所だけに、心配事が片づいた今となっては、この状況に妙に緊張してしまった。

「――あ、そうだ。夏希、さっきは本当にありがとな。お前がいてくれなかったら、俺、けっこうやばかった」

「どういたしまして。お役に立てたようで何よりです」

微妙な空気に耐えられなくなって話しかけると、夏希は澄まし顔で応じた。

昼間の震える姿も新鮮だったが、やっぱり夏希はこうやって余裕たっぷりの姿の方がしっくりくる。なんというか、こいつが隣でほほ笑んでいると、どんな困難も乗り越えられる気がしてくるんだ。これも一種の人徳だろうか。

横を歩く夏希の横顔を意識しながらそんなことを考えていると、夏希がこちらを向いた。バッチリ目が合ってしまい、心臓が飛び跳ねる。

すると、夏希がやわらかく笑いながら口を開いた。

「大和ってさ、やっぱり昔から変わらないよね」

「は？　変わらないって、何が？」

「雪乃のことになると、見境《みさかい》がなくなるところ。さっきの大和を見ていて、やっぱり雪乃のことが大事なんだなって思った」

「――ッ！　大事に決まってるだろ！　あいつは幼馴染みで、俺にとってもうひとりの家族みたいなもんなんだから。いなくなったら、嫌に決まってる！」

不意打ち気味に心が揺さぶられ、包み隠さない本音が口から漏れ出てしまった。

そして、すぐにハッとなって隣を見る。

夏希は俺の怒鳴り声に驚いたようで、目を丸くしていた。

「すまん。いきなり大きな声出して悪かった……」

「ううん。私の方こそ、調子に乗って変なこと言っちゃった。本当にごめん」

ばつが悪くなった俺が謝ると、夏希もシュンとした様子で頭を下げてくる。

ただ、夏希に謝りつつも俺が考えていたのは、雪乃のことだった。

雪乃の死を目の当たりにした今だからこそわかる。俺は、あいつにいなくなってほしくない。だってあいつは、俺にとってかけがえのない存在だから。

でも、その〝かけがえのない〟ってのは、どういう意味だったんだ？

幼馴染みとして？　家族として？　それとも、ひとりの女の子として？

そもそも俺は、雪乃のことをどう思っている？

……正直に言って、考えたことがなかった。いや、考えることを避けていた。

だって雪乃は、俺にとって身近すぎる存在だったから。自然と、それ以上の感情を意識しないようにしていた。

でも、今日の俺はどうだった？

雪乃と打ち解けていく洋孝に嫉妬した。雪乃が洋孝とお化け屋敷へ入ることに拒否感を覚えた。

つまり俺は、いつの間にか雪乃のことを……。

「──大和、どうかした？」

夏希の声によって、思考が打ち切られる。どこも見ていなかった目の焦点が合っていき、像を結ぶ。そこには、不思議そうに首をかしげる夏希の顔があった。

「……すまん、なんでもない。ちょっと考え事してただけだ」

「そう？　なら、いいけど」

夏希に返事をしながら、俺はそれ以上考えることをやめた。

今の俺にとって最も優先すべきことは、雪乃を死なせないことだ。その邪魔になりそうな要素は、少ないに越したことはない。

俺は夏希に「行こうぜ」と促し、再び歩き始めた。

「さっきのことだけどさ、べつに大和をからかったわけじゃないよ。ただ、いくつになっても大和は変わらないんだなって、ちょっと感心しただけ」

「わかってるよ。それに、感心することでもないだろう。なんたって俺は、雪乃の忠犬なんだからさ」

「フフ。そうだったわね。……うん、それでこそ大和だわ」

フォローに対して俺が軽口で返すと、夏希はおかしそうに笑った。

「ほら、お化け屋敷が見えてきた。雪乃と洋孝、もう着いているかしら」

歩調を早める夏希のあとに続く。

もうすぐ閉園時間なので入場を停止したのか、お化け屋敷の入り口付近は閑散としている。そんなお化け屋敷の入り口から少し離れたところに、ふたつの人影が見えた。

雪乃と洋孝だ。どうやら、まだこちらには気づいていないらしい。ふたりで向き合って、何かを話しているっぽい。

「ようやく合流できたわね。行きましょう、大和」

「ああ」

雪乃の無事な姿に安心しつつ、夏希にうなずく。予想外のハプニングはあったが、ひとまずこれで元通りだ。ふたりと合流するため、夏希と一緒に駆け出そうとする。

――しかし、そのときだった。

「……え?」

俺たちが見ている前で、不意に雪乃が倒れ込むように洋孝の胸にもたれかかった。

いや、もちろん雪乃が洋孝に抱き着いたってわけじゃない。

見ていた感じ、雪乃が何かの拍子にバランスを崩して、それで洋孝の方に倒れてしまったっぽい。現に洋孝も、驚いた様子で雪乃を受け止めている。つまりは、単なる事故だ。

そう……事故。単なる事故。それはわかっている。わかっているのに……。

「……うぁ……」

声も出せずに、ただうめく。

もう、自分のことを最低だなんだと見下げる余裕もない。事故であれなんであれ、洋孝が雪乃を抱き留める姿に、ただただショックを覚えてしまった。さっき考えるのをやめようと思ったばかりなのに、自分が雪乃のことをどう思っているのか、また強く意識してしまった。

隣では、夏希が「雪乃、大丈夫かしら」とつぶやいている。

その声を遠くに聞きながら、俺は踏み出しかけていた足を下ろし、その場で力なく立ち尽くした――。

第三章　崩れ落ちた世界

1

七月十七日。

今日も朝から容赦のない日差しがカーテンの間から差し込み、蝉とアラームの遠慮ない大合唱が部屋の中で反響する。

いつもは鬱陶しく感じるそれらも、今日に限ってはまったく気にならなかった。

アラームを切り、重い頭を押さえながら、ベッドの上で体を起こす。頭が重いだけでなく、体もだるい。

原因はわかっている。昨晩、よく眠れなかったからだ。

昨晩の夢見は……控えめに言っても最悪だった。眠りにつく度にお化け屋敷の前で見た光景が再現され、胸の苦しさで目を覚ます。その繰り返しだ。おかげで、まったく眠った気がしない。

「完徹したよりも最悪だな、これ……」

顔を手で覆いながら、自嘲《じちょう》気味につぶやく。自分でも気にしすぎだとわかっているから、余計に情けない。

それでも頭を埋め尽くすのは、やはり昨日のことだ。

あのあと、俺と夏希は雪乃たちと合流して、そのまま遊園地をあとにした。

遊園地からの帰り道は、行きとは打って変わって会話がほとんどなかった。俺はショックが抜け切らないままだったし、雪乃は疲れたのかずっと目を閉じていた。夏希だけはいつも通りだったが、洋孝も何かを隠すような雰囲気をまとっていて、俺や夏希と顔を合わせづらそうにしていた。

そんなぎくしゃくした空気は、洋孝や夏希と別れるとさらに濃さを増した。というか、俺だけが勝手に居心地悪さを感じていた。

雪乃は何もしゃべることなく俺の隣を歩き、俺は押し黙ったまま。雪乃とふたりでいることをあんなにも苦痛に感じたのは、はじめてだ。

しかし、本当の苦痛はその先にあった。

「──なんだか、けんかっぽくなっちゃったけど、一応お礼は言っとく。今日はありがとう。遊園地は楽しかったし、洋孝くんとも知り合えてよかった」

家の前で別れる直前、まるで置き土産みたいに、雪乃がそう言ってよこしたのだ。

普通に受け取るなら、企画した俺に対する感謝なのだろう。けど、今の俺には、それを言葉通りに受け取ることはできなかった。

洋孝と知り合えてよかった。その真意は、雪乃が洋孝に惚れてしまったということではないか。バカだと自分に呆れつつも、そんなふうに勘ぐってしまったのだ。

結果、俺は悶々《もんもん》とした気分のまま一夜を明かすことになった。

「……学校行く準備しねぇと」

重い体を引きずるようにして、ベッドから離れる。

ひとまず顔を洗い、朝食の用意をする。昨日は特別だったけど、七夕のときに雪乃から「朝は来なくても大丈夫」と言われていたので、うちでひとりの朝食だ。

何もやる気が起きないため、今日の朝食は完全に手抜き。食パンとヨーグルト、それに野菜ジュースを出すだけ。テレビをつけることもせず、味気ない食事を機械的に口へ運ぶ。食欲がないせいで、逆に少し気持ち悪くなった。

朝食の準備で手を抜いたから、今日はいつもよりも早く支度が整ってしまった。自転車を押して、家の前の道に出る。真上家の二階を見てみるが、雪乃はまだ起きていないのか、カーテンが閉まったままだ。聞こえないとはわかっていても、いや、聞こえないとわかった上で、俺はその窓を見上げながらつぶやいた。

「なあ、雪乃。お前、やっぱり洋孝に……」

惚れたのか、と言いかけて、その言葉を飲み込むように口をつぐむ。どうしても、その言葉を口にしたくなかったのだ。

雪乃と俺は家族みたいに育ってきたとはいえ、単なる幼馴染みだ。だから雪乃が誰を好きになろうと、俺にとやかく言う権利はない。そんなことはわかっている。

それでも、雪乃が好きになったのは洋孝だったと考えるのは、たまらなく嫌だった。洋孝が申し分のない男だとわかっていても、どうしても認めたくなかった。

やるせない気持ちのまま、視線を窓から外す。そのまま俺は、足に力をこめてペダルを漕ぎ始める。

雪乃の家が後ろに流れていく瞬間、ふとあいつの部屋のカーテンが揺れたような気がした。


俺ひとりが湿っぽい気分に浸っていようとも、世界は変わらず回っていく。学校を満たすいつも通りの喧騒《けんそう》に頭痛を覚えながら、俺は教室のドアをくぐった。

「おう、大和！　おはよう！」

席に着いた瞬間、聞き慣れた、そして今一番聞きたくなかった声が鼓膜を打った。

顔を上げれば、そこには予想通り洋孝の顔があった。夏希とセットで俺の席にやってくることも多いこいつだが、今朝はひとりのようだ。

ちなみに夏希の席の方をうかがってみたが、あの優等生の姿はない。机の上にノートとペンケースがあるから学校にはいるみたいだが、席を外しているらしい。

あいつがいてくれれば、俺もちょっとは気が楽なんだけどな。タイミングが悪いというか、なんというか……。

ただ、なぜか洋孝の方も俺とサシで話すのに緊張しているっぽい。なんか今朝のニュースがどうとか言っているが、どうにか俺と普通に会話しようと必死に頑張っているのが見て取れる。そういや昨日も帰りがけ、何か隠しているみたいな気配があったけど、俺に言えないことでもあるのか？

まさか、実は洋孝も雪乃にひと目惚れしていて、それを後ろめたく……って、それはさすがに被害妄想がすぎるか。

洋孝が何を隠しているのかは知らないけど、やっぱり今はこいつと話をする気になれない。こいつが悪くないのはわかっているけど、声を聞いているとどうしても腹の底がムカムカしてくる。

「悪い。寝不足で頭が重いんだ。ちょっとひとりにしてくれないか？」

「え……」

俺が冷たくあしらうと、洋孝はあきらかに動揺した様子でたじろいだ。

必要以上に冷たい声が出たことに、俺自身が一番驚いた。それと、目を丸くして声を詰まらせる洋孝の姿に、胸の奥がズキリと痛んだ。

「そ、そうか。悪かったな。ゆっくり休めよ」

ぎこちない笑みで俺を気遣うように言い残し、洋孝は立ち去っていった。

洋孝を見送り、机に突っ伏して目を閉じると、とたんに自己嫌悪に襲われた。俺の洋孝への態度は、あきらかに八つ当たりであり、醜《みにく》い嫉妬だ。本当に、自分の器の小ささが嫌になってくる。

だけど、一度根づいた妬みは簡単に消えてくれない。洋孝は休み時間の度に俺のところに寄ってきたが、俺は何かと理由をつけて逃げ出した。ひとりで昼飯を食ったのなんて、高校に入学してからはじめてかもしれない。

そして洋孝も、そんな俺の逃げの態度に業《ごう》を煮やしたのだろう。

「……悪い、大和。少しつき合ってくれ」

放課後、さっさと帰ろうとした俺の手を、厳しい表情をした洋孝がつかんだ。洋孝はそのまま有無を言わせぬ様子で、俺を教室の外へ引っ張り出す。連れていかれた先は、屋上手前の踊り場だった。

「……なんだよ、こんなところに引っ張ってきて」

「すまん。でも、ここなら滅多に人も来ないし、腹を割って話すにはちょうどいいかと思ってさ」

一メートルほどの距離を置いて、洋孝と対峙《たいじ》する。洋孝とこんなふうに向き合うのは、こいつと知り合って以来、はじめてのことだ。こいつはガタイがいいから、真顔のまま正面で仁王立ちされると威圧感が半端ない。

俺、今日一日こいつに対してかなり嫌な態度取ってきたからな。普段は温厚なこいつも、さすがに堪忍袋の緒が切れたか。まあ、今回のは自分でまいた種だし、仕方ない。

最悪取っ組み合いくらいはする覚悟を決めて、俺も真っ向から洋孝をにらみ返す。

そして、踊り場の空気が緊張をはらむ中——。

「昨日はお前と夏希のあとをつけて、本ッ当にすみませんでしたッ!!」

真顔の洋孝が、俺に向かっておもむろに叫んだ。

いや、叫んだだけじゃない。叫ぶと同時に、その場で土下座までしやがった。

生まれてはじめて目にするガチ土下座に、俺も緊張感を忘れて目が点になってしまった。

「……お、おい、ちょっと待て。あとをつけてたってなんだよ。お前、俺に何隠してたんだ？」

「昨日の行方不明騒動の件、オレと雪乃ちゃんの芝居だったんだ！　お前たちをふたりにしたらどうなるか、観察してたんだよ！　けど、お前にすっごい心配かけちゃってさ……。オレ、一晩中反省してたんだ！」

洋孝が息つく間もなく、昨日の騒動の裏側を暴露《ばくろ》していく。

それらを頭の中で反響させながら、俺は思わず茫然自失してしまった。

「しかもお前、今日も一日中しんどそうだっただろ？　もしかして昨日の心配疲れが出たのかなって思えてさ……。だから、本当にすんませんでしたっ!!」

「いや、しんどかったのは事実だけど、理由は別で……。てか、昨日の帰り、お前の様子がおかしかったのってそのせいか？」

「その通りです！　お前たちに合わせる顔がなくて、ずっと避けてました!!」

「……ちなみに昨日の合流前、雪乃を抱き留めていたのは？」

「なんだ、見てたのか？　あれは単に、よろけた雪乃ちゃんを受け止めただけだ」

どさくさまぎれに確認してみたらやっぱり見たまんまのオチで、少なくとも洋孝に他意はなかったようだ。ちょっと安心。

「お前、まさか俺と雪乃ちゃんがつき合いだしたとか勘ぐって悩んでたのか？　だったら安心しろ。俺には夏希という心に決めた人がいる。浮気はせん！」

膝をついたまま胸を張り、両手を腰に当てて洋孝が言い切る。なんかすごくバカっぽいというか、こいつらしすぎて笑えてくるな。

あと、なんかこいつに感じていた妬みとかが、一気に引いていったわ。すげぇな、こいつのいい意味で人を脱力させる人間性。

「……とりあえずわかった。あとをつけてた件については気にしない。許すよ」

「本当か！」

俺のひと言に、洋孝が安心したように顔を輝かせて立ち上がる。

そんな単純を絵に描いたような友人に対し、俺は「ただし！」と言葉を継いだ。

「昨日、遊園地でお前と雪乃の間にあったこと、包み隠さず俺に話せ。それが条件だ」

「オレと雪乃ちゃんのやり取りもか？　いや、でもこれは……」

話せと迫る俺の目を見つめながら、洋孝が迷うような表情を見せた。もしかしたら、この件について俺や夏希に話さないとか、雪乃と約束していたのかもしれない。

「本当に謝るなら、そこまで話すのが筋だろ。ここまで来たら、全部話せ」

けど、ここは洋孝へもう一押ししてみる。

洋孝の意思が揺れた気配が伝わってきた。おそらく洋孝も、あとをつけていたことを明かした以上は隠し通せないとわかっているのだろう。

しばらく無言のまま待つと、洋孝は観念した様子で「……わかった」とうなずいた。

「昨日、お化け屋敷に入ったときにさ、雪乃ちゃんに言われたんだよ。『大和と夏希ってお似合いな感じだけど、本当につき合ってないのかな』って。で、『確かめてみない？』って、さっき言った一芝居打つ計画を聞かされたんだ」

洋孝が、雪乃との間に合ったやり取りを語っていく。

洋孝曰《いわ》く、こいつも最初はその誘いを断ったそうだ。俺たちの関係は気になったみたいだが、俺たちを騙すのは気が引けたらしい。

「けどさ、お化け屋敷から出てきたお前と夏希を見て、つい計画に乗っちまったんだよ……」

手をつないだお前と夏希を見て焦ったんだ、と洋孝は言った。つまり俺と夏希は、図らずも洋孝の背中を悪い方へ押してしまったというわけだ。

結託した雪乃と洋孝は、閉園時間が近づいたところで予定通りに計画を実行。雪乃がトイレの近くに隠れ、洋孝が俺たちを誘い出した。

言われてみれば、確かに「遅くないか？」って言い出したのは、洋孝だった。

その後、俺たちと別れた洋孝は雪乃と合流し、見つからないよう物陰からこっそりあとをつけていたそうだ。

「お前たちが園内放送を頼もうとしたときは、本当に焦ったぜ。さすがにオレもやりすぎたって思ってたし、雪乃ちゃんも『これ以上は遊園地に迷惑がかかるから』って言うんで、お前に電話したんだ」

おかげでお前らの関係はわからずじまいだった、と洋孝は力なく笑う。

一番の目的を果たせず、罪悪感だけが残る結果となったのだから、こいつも踏んだり蹴ったりだったわけか。もっとも、一杯食わされた以上、俺も同情する気はこれっぽっちもないが。

「で、電話したあとは先回りしてお化け屋敷まで行って、お前たちを待っていたんだ。そのときに、雪乃ちゃんが軽い貧血起こしてもたれかかってきて――」

「間が悪いことに、俺たちがそれを目撃したと……」

「そういうことになる。オレから話せることは、これくらいだ。重ねてになるが、本当にすまんかった！」

そう言って、洋孝はもう一度俺に頭を下げた。

「洋孝、一応念押しだ。今の話に嘘偽りはないんだな？」

「ない！　お前への友情と夏希への愛にかけて誓う！」

俺の確認に、洋孝が即答する。友情だの愛だの、こっぱずかしいことを平気で言うよな。バカだけど本当に大物だよ、こいつ。

「わかった。じゃあ俺も、お前のことを信じるよ。それと俺の方こそ、今日一日むかつく態度取って悪かったな」

「気にしてねぇよ。誰だって、ひとりになりたいときはあるだろう？　――ただ、大和、オレもふたつ確認していいか？」

不意に洋孝が、表情を引きしめて俺を見た。

そのただならぬ気配に、俺は思わずたじろぎながら「なんだよ？」と聞き返す。

すると洋孝は、神妙な様子で重々しく口を開いた。

「お前と夏希……本当につき合ってないんだよな？」

「ああ、つき合ってない。安心しろ」

「そっか。よかった……。それじゃあ、あともうひとつ、オレが雪乃ちゃんを抱き留めたところってさ、夏希も見てたか？」

「……ああ、そのことか。バッチリ見てたぞ」

俺がうなずくと、洋孝はその場で灰になるように崩れ落ちた。気のせいか、魂も抜けかけているように見える。よりにもよって意中の相手に、別の誰かと抱き合ってるっぽいところを見られたんだからな。燃え尽きるのも当然か。

「なあ、大和。オレの恋が現在進行形で詰みかけてんだが、どうすりゃいい？」

「とりあえず、全力で誤解を解いてみたらどうだ？」

まあ、あの鈍感女王のことだから、誤解どころか気にしてもいないだろうけどな。

これくらいの仕返しは、許されてもいいだろう。

「それと、俺たちのあとをつけてたことも、きちんと話せよ。あいつ、こういう隠し事ってマジで嫌いだから」

「マジか……。やっぱ、悪いことはするもんじゃねぇな……」

へたり込んだ洋孝が、力なく笑う。

その声は踊り場に反響し、空虚に消えていった。

失意の洋孝と別れた俺は、ひとり自転車を漕いで家路についていた。

さっき聞いた洋孝の話……すべて本当だとすれば、わからないのは雪乃がこの計画を立てた目的だ。

俺と夏希がつき合ってるのか確かめようとか言っていたそうだが、本当にそうなのか？　具体的にどこがおかしいとは言えないが、なんとなく違和感を覚える。あえて言葉にするなら、雪乃らしくない。あいつはなんでこんな計画を立てたんだ？

「考えられるとすれば、洋孝を誘い出すことかな……」

洋孝が夏希一筋のままというのは、おそらく間違いないだろう。踊り場から戻ったあと、まだ教室にいた夏希に猛然と謝罪していたし。無茶苦茶情けない顔で、大仰な身振り手振りを交えながら弁明する姿は、必死そのものだった。

ただ、雪乃側の気持ちは相変わらずわからないままだ。雪乃が洋孝に惚れている可能性は、いまだに残っている。

思えば昨日、俺はじゃんけんで一度も雪乃とペアになることはなかった。さすがに偶然じゃないだろう。例えば洋孝にひと目惚れした雪乃が俺の出す手を予想し、その逆を出して洋孝とペアになる確率を上げていたとかは考えられないか？　本当にそんなことができるのかは知らないが、俺の癖を知り尽くしている雪乃だ。できても驚かない。

それに、そう考えればお化け屋敷で雪乃が俺の提案を即否定したのだって納得がいく。

となると、合流前に洋孝にもたれかかったのも、雪乃が俺たちの接近に気づいてわざとやったことなのか？　洋孝が夏希に惚れているのはすぐわかるから、夏希に対して〝応えるな〟って牽制《けんせい》したとか、そんな感じで……。

考えれば考えるほど、これ以外に正解がないように思えてくる。同時に、腹の底がズンと重くなって、胃がムカムカしてきた。

そんなことを考えている間に、景色は家の近所の住宅街に変わっていた。次の角を曲がれば、もうすぐ家だ。俺は車が来ないことを確かめながら、十字路を左折する。

そして——真上家の前に立つ雪乃の姿を見つけた。

まさか家の前に立っているなんて思わず、驚いて急ブレーキをかける。自転車のタイヤから甲高《かんだか》い音が響き、それに気づいた雪乃がこちらを向いた。十メートルほどの距離を置いて、雪乃と見つめ合う。

髪はふたつ結びでおさげにしてあり、服装はTシャツと短パンというラフなものだ。荷物の類もスマホと封筒しか持っておらず、履物もつっかけで、郵便物を取りに出てきただけにも見える。もしくは、手に持つ封筒を近くのポストへ出しに行くところか。

雪乃は相変わらずの無表情で、何を考えているのかわからない。だけど俺に向けているその視線は少し冷めているような気がして、今俺たちの間にある距離は、そのまま俺たちの心の距離でもあるように感じられた。

だからといって、このまま見つめ合っているわけにもいかない。俺は自転車を押しながら笑顔を作り、雪乃の方へ歩み寄った。

「よう、雪乃。こんなところでどうしたんだ？」

真上家の前まで来たところで、できるだけ自然に声をかける。

けど、そもそも〝できるだけ自然に〟なんて意識している時点で、自然な行動なんてできているわけがない。事実、俺の声は少し上擦り、動かす口もどこか強張っていた。

そんな俺を、雪乃は無言のまま見つめている。まるで俺を観察しているみたいだ。

見つめられる居心地の悪さに耐えられず、俺は雪乃から視線を外す。

「じゃあな。俺、もう行くわ」

逃げるように自転車を押し、雪乃の脇を抜けていく。

そのとき、ちょうど俺がすれ違うタイミングで、雪乃が口を開いた。

「……洋孝くんから【しゃべっちゃった。ごめん！】ってメッセージが来た。あんた、昨日のこと聞いたんでしょ」

今の俺の心情を見透かしたようなひと言に、進みかけていた足が止まる。なんら悪いことをしたわけでもないのに、胸に心臓を鷲《わし》づかみにされたような痛みを感じた。

俺が目を見開きながら雪乃の方を振り返ると、雪乃もさっきまでとは違う、すべてを見透かすような視線で俺の方を見ていた。雪乃の視線に圧倒され、冷や汗を垂らしながら一歩後退《あとずさ》りする。

すると、雪乃は完全に俺の方へ向き直り、離れた一歩分を埋めてきた。

今さらながら悟る。雪乃と出くわしたのは、やはり偶然じゃなかった。こいつは、俺が帰ってくるのを家の前で待っていたんだ。

「あんたの考えていること、当ててあげようか。なんでわたしは、そんな計画を立てて実行したのか。わたしが洋孝くんに言った計画の目的は、どこかわたしらしくない。それなら、わたしの真意はどこにあるのか。そう思っているでしょ」

そのものずばりを言い当てられて、息を呑む。

だが、雪乃の推理はここで終わらない。雪乃はさらに俺の思考を読み、奥深くまで切り込んでくる。

「そしてきっと、こうも思っているはず。実は私が洋孝くんを好きになって、彼を手に入れるためにふたりきりになったり、抱き着いたりしたんじゃないかって」

雪乃の推理を聞き届け、心の中で脱帽してしまった。

相変わらず、こいつの観察眼と頭のキレは抜群だ。俺という人間を知り尽くし、正確に思考をトレースしてくる。二年間引きこもっていても、その能力は衰えやしない。

それどころか、精度がさらに増しているように思える。まさに推理小説に出てくる著名な探偵張りの推理力だ。

ただ、ここまで正確に思考を言い当てられたことで、なんか俺の方も一気に覚悟が決まった。さっきまでは直接訊いていいのか迷っていたけど、ここまで筒抜けなら遠慮することもないだろう。べつに俺には、やましいことなどありはしないのだから。

うろたえていた表情を引きしめ、自転車のスタンドを立て、俺はもう一度真正面から雪乃と向き合った。

「……ああ、思ったよ。お前の言う通りだ」

言葉にしてすべてを認める。雪乃に誤魔化《ごまか》しは効かないからな。こういうときは、素直に認めてしまうのが一番だ。

そうしたら雪乃は、続けて、とでもいうように口を閉ざした。推理を認めた上で俺が何を言ってくるのか、様子を見ている感じだ。

それなら、いいだろう。今度は、こちらが踏み込んでやる！

「それで、俺がお前の推理通りのことを思っていたらどうなんだ？　答え合わせでもしてくれるのか？」

精一杯の虚勢を張って、余裕たっぷりの顔で聞き返す。

本当は、ここで雪乃から「洋孝くんが好き」と告げられるのが怖い。もしそう言われても、きっと俺は素直に雪乃を応援することはできないだろう。それどころか、これまで通りに雪乃と接することさえできなくなるかもしれない。

だから正直に言ってしまえば、俺はこの問いをうやむやのままにしておきたい。

でも、それは今の問題をこの先に丸投げしているだけだ。ここで逃げたとしても、いつかまたこの問題にぶつかる日が来る。

だったら、たとえ怖くてもこの場で一度はっきりさせてしまう方が、きっと俺のためになる。そう信じて、雪乃の答えを待つ。

雪乃は、先程までとは打って変わってどこか迷うような表情を見せていた。

言うべきか迷っているということか？

しかも、どうやらその表情は素で出てしまったものらしい。すぐに自分の状態に気づいた雪乃は、ハッとした様子で無表情に戻る。そのまま俺の目を見上げ、淡々とした調子でこう告げた。

「わたしが洋孝くんに好意を持っているっていうあんたの想像……それは間違いよ。わたしがあれを企てたのは、洋孝くんとふたりきりになるためじゃない。洋孝くんにもたれかかったのも、本当に貧血でふらついただけ」

雪乃が発した言葉をひと言ずつ飲み込み、その意味を悟る。

俺の想像は間違い。つまり、雪乃は洋孝に恋愛感情を抱いていたわけではないということだ。

それがわかった瞬間、俺は膝の力が抜けそうになった。それほど安心してしまったのだ。

同時に、俺は認めた。というか、もう否定できなくなった。俺はこの幼馴染みに、どうしようもなく惚れてしまっている。それも、おそらくはずっと昔から……。

家族みたいなものとか、幼馴染みだからとか、そんなのは単なる言い訳だ。俺が雪乃のそばを離れなかったのは、単純にこいつのことが好きで、ずっと一緒にいたかったから。雪乃と一緒にいることで、心が満たされていたから。

だからこそ、俺はこいつの一番になりたくて、その座を他の男に取られるのが嫌だったんだ。

なんだか、ものすごくすっきりした気分だ。誤解が解けて、自分の気持ちも素直に認められた。胸のつっかえが取れ、心が軽くなったように感じる。

まあ、だからといって、すぐに告白しようという気にはならないけどな。昨日からいろいろあって少し頭から飛んでいたけれど、俺にとって最大の難事である二十八日の問題だって、まだ手つかずで残っているし。

ともあれ、今は昨日の件だ。すっきりしたのはいいのだが、そうすると結局、昨日のこいつの行動はなんだったのかという話になる。

「俺の想像が間違っていたってことはわかった。でも、それならなんであんなことしたんだ？　まさか本当に、俺と夏希の仲が気になったわけじゃないだろう。それなら、いたずらか？」

「さすがにいたずら目的であんなことはしない。けど、今すぐには教えない」

「……ここまで来て教えないとか、さすがにどうかと思うぞ」

半眼になって雪乃をにらむが、当人はどこ吹く風だ。まったくこたえている様子はない。洋孝はこれですぐに吐いたけど、今度の相手は雪乃だ。さすがに一筋縄ではいかないか。

でも、俺だってここで引いたりはしない。

「俺も夏希も、昨日はかなり心配したんだぞ。それに、洋孝だって一応は、お前に巻き込まれた半被害者だ。俺たちをこれだけ振り回したんだから、本当の理由はきっちり聞かせてもらう。そこだけは、絶対に譲らないからな」

「洋孝くんには、【迷惑かけてごめんなさい】って謝っておいた。夏希にも、いずれきちんと謝るつもり。それに、あんたにも〝教えない〟とは言ってない。教えるけど、条件があるっていうだけ」

「条件？」

俺が首をかしげると、雪乃は手に持っていた封筒を俺に差し出した。

わけもわからないまま、反射的にその封筒を受け取る。文房具屋なんかに売っていそうな、薄く青みがかった無地の封筒だ。なんか見覚えがあると思ったら、この間出掛けたときに、雪乃が駅ビルの雑貨店で買っていたものだな、これ。しっかり封をしてあって、中に何か入っているようだが、封筒に宛名や切手の類はない。

「来週二十六日の午前九時四十五分に、昨日みんなで集まった駅前広場の時計塔前へ行って。この封筒は、そのときに開けて。二十六日より前に開けたら許さないから」

封筒を渡した雪乃が、矢継ぎ早に指示を出してくる。どうやら雪乃は、こういう展開になることを見越していたみたいだ。指示を出す口調によどみがない。

だけど、こっちはわからないことだらけだ。指示を出し切って満足した様子の雪乃を問いただす。

「いきなりなんだよ。どういうことか、きちんと説明しろ」

「行けばわかる。何があるかも、わたしの目的も」

しかし、雪乃は取りつく島もない。「行けばわかる」の一点張りだ。

いや、それだけではない。

「それと、今日から二十六日のそれが終わるまで、わたしのところには来ないで。うちに入るのも禁止。もし破ったら、ストーカー認定して警察呼ぶから」

「はあ!?」

突然ですが、好きだと自覚したばかりの相手から、期間限定とはいえ絶縁宣言されました……。

なんなんだよ、この嫌な急展開！　ここで雪乃と会ってから十分弱で、状況がいろいろと変わりすぎだろう！

一方、雪乃は言うべきことをすべて言い切ったのか、踵《きびす》を返して俺に背を向けた。

「わたしからの話はこれだけ。じゃあね、大和」

「おい、待てよ、雪乃！　まだ話は終わって──」

「うっさい！　来ないで、って言ったでしょ！」

真上家の門扉の前であわてて雪乃に呼びかけると、返ってきたのは悲痛ささえ感じられる拒絶の叫びだった。あまりに強い拒絶に〝一度目〟の世界の記憶が蘇《よみがえ》り、胸が痛む。

そんな俺に向かって、雪乃は振り返らないまま、声のトーンを落として語りかけてきた。

「ごめん、大和。理不尽なこと言っているのはわかってる。でも、今はわたしの言う通りにして」

「いや、お前がそう言うなら従うけどさ。でも──」

「大丈夫！　前にも言ったでしょ。最後には、あんたが笑っていられるようにしてみせるから」

玄関の扉を開けた雪乃が、一瞬だけ俺の方を振り返る。その顔に浮かんでいるのは、覚悟と悲壮感が混ざったような複雑な笑みだ。

結局俺は、そんな笑みを浮かべる雪乃を黙って見送ることしかできなかった。

そして同時に、この〝二度目〟の世界の歴史は〝一度目〟の世界の歴史と決定的にずれてしまったのだと、俺は遅まきながらようやく理解した。

2

それから一週間以上、俺と雪乃は本当に会うことがなかった。昔から学校だの世話だので、なんだかんだ毎日会っていたから、これだけ顔を見ないのなんて、はじめてのことかもしれない。

俺にとってこの一週間少々は、なかなかに苦難の日々だった。

あの遊園地に行った日を境に、この〝二度目〟の世界は〝一度目〟の世界と完全に異なる歴史を進み出した。正直なところ、いつ何が起こるかわからない。つまり、雪乃の自殺がどうなるのかもわからないということだ。

今の雪乃は、はっきり言って〝一度目〟の世界の雪乃よりも前向きだと思う。脱引きこもりは〝一度目〟でも行っていたが、この世界の雪乃はさらに積極的だ。

ここだけを見れば、歴史がよい方向に変わったのではないかと思える。この世界の雪乃は、自殺なんてしないのではないかと考えてしまう。

だけど、懸念はある。雪乃の企《たくら》み、そして最後に会ったときに見せた別れ際の笑顔だ。とくにあの笑顔は、〝一度目〟の世界で自殺直前に雪乃が見せた笑顔を思い出させる。

そうなると、やはり一番痛いのは雪乃に出禁《できん》を食らったことだ。おかげで、好きな子の顔が急に見られなくなってストレスが——ではなく！　〝一度目〟の七月で雪乃の様子がおかしくなった時期を迎えたのに、あいつがどうしているかわからない。かといって、強引に会いに行けば、歴史が変わってきた今の世界だ。それが自殺のトリガーになってしまうかもしれない。

預かっている封筒についても同じだ。二十六日を待たずに開けることはできるけど、開けた上で行動を起こせば、それがどういう結果をもたらすかわからない。

そう思うと、行動の選択肢はあっても、動くに動けない。俺ひとりでどうにかしないといけないのに、何もできないし、何をしたらいいかもわからない。ただ雪乃の家を見ていることしかできない自分の無力さが、歯がゆくて仕方なかった。

唯一の救いは、雪乃から毎日、定期報告が来ていることか。実はあの日、雪乃と別れて家に帰ったあと、メールであいつを説得したのだ。放っておくとカップ麺ばかり食べそうだから、と適当に理由をつけて、食事の内容をメールで送らせている。雪乃も最初は渋ったが、俺だけお前の言うことを聞くのは不公平だと返したら、仕方ないと納得してくれた。

実際に何を食べているのかは、正直どうでもいい。嘘の可能性だってあるしな。だけど、これのおかげで、ひとまず雪乃の無事だけは確認できる。それだけが、俺にとってのせめてもの救いで、雪乃と会えない日々の心の支えだった。

そんな日々を過ごしている間に、高校は終業式を迎えて夏休みに入り、ついに約束の二十六日となった。運命の日まで残り二日だ。

「よし。……行くか」

洗面所の鏡の前で、頬を叩いて気合を入れる。鏡には、頬を赤くし、目の下に軽くクマをこさえた冴《さ》えない男の顔が映っている。

雪乃が心配で、このところまともに眠れていないのだ。とはいえ眠くはないので、問題ない。最後にもう一度水を顔にかけ、愛用のボディーバッグを手に家を出た。

家の前の道路に出たところで、真上家の二階を見上げる。雪乃の部屋は、いつも通りカーテンが閉まったままだ。中で明かりがついている様子もない。

今日の約束、あいつが直接出てくるわけではないのだろうか。

怪訝に思いながらも、真上家の前を素通りする。いつもと同じように近くのバス停からバスに乗り、降りたら駅前広場に直行する。

広場に到着したところで時計塔を見上げると、時計の針は九時三十分を指していた。少し早く来すぎたようだ。

ボディーバッグから封筒と文庫本を取り出して、約束の九時四十五分になるまで時間をつぶす。といっても、封筒の中が気になって、まったく本に集中できなかったが。

結局、俺は時間が経つのをやけに長く感じながら、時計の長針が〝9〟のところまで持ち上がっていくのをひたすら見届け続けた。

「――よし、九時四十五分！」

時間になると同時に文庫本をバッグにしまい、焦り気味に封筒を開く。中から出てきたのは、便箋と映画のチケット二枚、駅のレストラン街で使える三千円分の食事券だった。

「なんだ、これ？」

映画のチケットと食事券は一度封筒の中に戻し、便箋を開く。そこには、雪乃の字でこう書かれていた。

【大和へ

十時になったら、そこに夏希が来ます。そしたら、一緒に入れておいたチケットで映画を観て、食事券でランチを食べてきなさい。他、ショッピング等も可。むしろ、積極的に誘いなさい。

デートだと思って、夏希をきちんとエスコートすること。健闘を祈る。

雪乃】

「はあ⁉　夏希とデートだぁ？」

人の行き交う駅前だということも忘れて、思わず素っ頓狂な声を上げてしまう。そんな俺を何人かの通行人が振り返るが、気にしている余裕なんてない。

なんで意中の相手から、別の女の子とのデートをセッティングされなきゃならんのだ！　なんの嫌がらせだ、これは！

もうツッコミの大洪水だ。たった四行の文章に、ツッコミどころしかない。

というか、これじゃあまるで雪乃は、俺と夏希をくっつけようとしているようにしか──。

「──ッ！　もしかして、そういうことなのか……？」

唐突に悟った。これこそが、雪乃の目的だったんだ。

お化け屋敷でペア替えに反対したのは、俺と夏希のペアを崩さないようにするため。

洋孝まで巻き込んで一芝居打ったのは、動揺した俺を夏希に支えさせて、俺の中での夏希の存在をより大きなものにするため。

あいつは、俺と夏希の仲を取り持とうと企み、いろいろと仕組んでやがったんだ。

「バカ野郎……。これで、どう笑っていろってんだよ……」

便箋を握りしめ、奥歯を噛みしめる。

今にして思えば、雪乃は俺が夏希とつき合っているか確かめたいって目的が嘘だとは言わなかった。あれは、事実を一部含んでいたからだったんだ。

好きな相手から願われたのは、別の相手との幸せだったってか？　そんなの、大きなお世話だっての。雪乃は「あんたが笑っていられるようにしてみせる」って言っていたけど、これじゃあ笑いたくても笑えねぇよ。

ただ、これで雪乃の目的はわかった。こうなったら、あいつの家まで行って「勝手なことしてんじゃねぇ！」って文句を――。

「あれ？　大和、こんなところで何してるの？」

「ひゃいっ！」

不意に背後から声をかけられ、驚きで背筋を伸ばしながら振り返る。

俺の後ろに立っていたのは、夏希だ。花柄ワンピースの上にカーディガンという大人っぽい出で立ちだが、今は俺の大仰なリアクションにびっくりした顔をしている。

十時に待ち合わせって手紙に書いてあったが、もう来たらしい。さすがは優等生、十分前行動が染みついていらっしゃる。

「よ、よう、夏希」

「うん、おはよう……？」

取り繕うように挨拶してみるが、夏希からは疑問形で返されてしまった。あんなリアクションを取ってしまったあとでは、仕方ないか。

ただ、そこは冷静沈着な夏希だ。すぐに心を落ち着けて、本題に戻してきた。

「それで、こんなところで何してるの？　もしかして、洋孝と待ち合わせとか？」

「いや、待っていたのはお前というか、なんというか……」

「は？　私？　どういうこと？」

「雪乃が映画のチケットやるから、お前と観てこいって……」

「ちょっと、何それ！　私は雪乃に『映画奢《おご》ってあげる』って言われてたんだけど。本当にどういうこと？」

「いや、俺も今知ったばかりで……」

夏希が問いただすように訊いてくるが、俺も状況を理解したのは五分前だ。スラスラと答えられるわけがない。

そんな俺と問答をしていても埒《らち》が明かないと思ったのか、夏希はカバンからスマホを取り出した。

「とりあえず、雪乃に直接訊いてみる。ちょっと待ってて」

「あ、ああ。よろしくお願いします」

なぜか敬語になりながら、ペコリと夏希に頭を下げる。

その間に夏希は雪乃の携帯番号を呼び出し、電話をかけ始めた。

「もしもし、雪乃。今、駅前に着いたらあなたの代わりって大和がいるんだけど、これってどういうこと？　——はあっ!?　自分が行けなくなったから代わりって、あなた……」

早速、話が夏希にとって予想外の方向へ転がったようだな。スマホに耳を当てた夏希が、目を丸くしている。と思ったら、今度は「まったくあなたは……」と呆れ始めた。悪いのは全面的に雪乃だが、なんとなく俺が申し訳ない気持ちになった。

そうこうしているうちに話は済んだのか、夏希が電話を切った。

何やら疲れた様子の夏希は、気持ちを切り替えるためか、一度大きく深呼吸をした。

「あー……、雪乃、なんだって？」

「自分は急用で行けなくなったから、サプライズで大和を代わりに派遣した。お詫びの印に、映画のチケットに加えて食事券を大和に渡してあるから楽しんできて、だって」

夏希は雪乃の言い分を俺に伝え、大きなため息をついた。

〝急用〟か。十中八九、嘘だろうな。雪乃の目的が俺と夏希をくっつけることなら、最初から俺を派遣することを前提にして、夏希との約束を取りつけたんだろうし。

「ごめんね、大和。私と雪乃の予定に巻き込んじゃって」

「いや、それはべつにいいというか、雪乃に振り回されたのはお前も同じというか」

謝ってくる夏希へ、気にしていないと伝える。

というか、夏希は全然悪くないし。遊園地での件も含めて、一番貧乏くじ引いてんのって、実はこいつだよな。本当に申し訳ない。

「まあでも、こうなっちゃったら仕方ないか。大和、今日ってヒマ？」

「え？　まあ、ヒマっちゃあヒマだけど」

雪乃の家に突撃かけようとしていた以外は、とくに予定はない。

「だったら、映画つき合ってよ。私も、せっかくここまで出てきて何もせずに帰るのは嫌だし」

「俺はいいけど、お前はいいのかよ。はたから見たら、これってデートだぞ」

「ああ、言われてみれば……。けど、映画観るくらい問題ないでしょ。幸い、大和については飼い主からも許可が出てるわけだし、私は気にしないし」

あっけらかんと言い放つ夏希。

こいつ、俺のことをまったく男として意識していないらしい。まあ、俺も男友達とつるむようなノリで夏希を扱っているから、文句言えないけど。

というか、それ以前に……。

「飼い主の許可ってなんだ！　俺はべつに、雪乃に飼われてるわけじゃねぇぞ！」

「はいはい、ごめんなさいねー。——で、つき合ってくれるの？」

「行くよ。ここで帰ると、また雪乃の尻に敷かれてるとか言われそうだしな」

売り言葉に買い言葉のような勢いで、夏希にOKを出す。

これって、雪乃の掌《てのひら》の上ってことになるのかな？　それとも、夏希の掌の上？

まあ、この際どっちでもいいや。そもそも、ここまで挑発されて引き下がったら、男が廃《すた》るしな。こうなったら、最後までつき合ってやる。

「──あ、でも三十秒だけ待ってくれ。ちょっと禊《みそぎ》するから」

「は？　いいけど……禊って何？」

訝しげな視線を向けてくる夏希に「気にするな」と返す。そして、俺はそそくさと夏希に背を向けて、この場にいない哀れな友の笑顔を思い浮かべた。

すまん、洋孝！　俺、これから夏希と映画観て、食事行ってくるわ。デートっぽい感じになっちゃうけど、恨むなよ。

──よし！　禊は完了。俺は、首をかしげている夏希に向き直った。

「すまん、待たせた」

「べつに待ってないけど……もういいの？」

「ああ、禊は済ませたから大丈夫だ。そんじゃ、行こうぜ。いい席が取れなくなったらもったいねぇし」

「はいはい、了解」

デートというよりもいつものノリで並び立ち、俺たちは映画館に向かって歩き出した。

夏希が雪乃と観る予定だった映画は、青春部活モノの映画だった。居合道部《いあいどう》とかいう珍しい部活に入った女子高生五人が、紆余曲折《うよきょくせつ》を経て一致団結し、大会での勝利を目指す。そんな王道ど真ん中の青春映画だ。

正直、恋愛映画とかじゃなくてほっとした。そういう系だと、観客はカップルばかりだろうし、夏希と観るのはちょっと意識してしまう。キスシーンなんか観た日には、気まずくて夏希の顔を見られなくなってしまうかもしれない。

そこんとこ、青春モノなら心配の必要がないから安心だ。映画自体も、なかなかにクォリティの高いものだった。エンディングのスタッフロールを観ながら山場のシーンを思い出し、余韻に浸ってしまう。

「予想してたよりも、おもしろかったかも。ストーリーはありきたりだけど、役者さんたちの演技がすごくよかった」

「ああ、確かに。山場の勝負のシーンなんか、主人公迫真の演技だったしな」

「私は五人が仲違《なかたが》いするところの演技がすごいと思った。表情が真に迫っていて、観ているこっちがハラハラしちゃったし」

おかげで映画館を出てからも、映画の話題で盛り上がることができた。距離感は相変わらずデートというよりも普通の友達同士って感じだけど、やっぱり俺にはこのくらいの方が心地いいな。

「そういえば、この映画はやっぱり夏希の希望だったのか？」

「うん、そう。ネットの動画で予告編を見て、ちょっと気になっていたの。それで遊園地に行った日のバスでその話をしたら、雪乃が奢ってくれるって言ってくれて。その場でポンポンッと予定決めちゃった感じ」

「なるほど。まあ、そうだよな。映画の内容的に雪乃のセンスじゃないし。たぶんあいつが映画を選んだら、青春モノなんて速攻除外だよ。前もさ、俺が青春映画のDVDを持っていったら、パッケージ見て『チェンジで』とかほざきやがったし」

この映画を観たあとの雪乃の反応が、目に浮かぶ。きっと、「あそこでバトルロワイヤルとか始まったら、もっとおもしろくなるのに……」とか言うに違いない。あいつ、どちらかというとスプラッタ系やサスペンス系の方が好きなんだ。

思い出し笑いしながらそんなことを考えていたら、隣からこれ見よがしにため息をつく音が聞こえてきた。あわてて隣を見ると、夏希が呆れ眼でこちらを見ている。

「雪乃以外の女の子とふたりで出掛けたことがない大和に、ひとつアドバイスしてあげる。女の子とふたりきりの場で、あんまり別の女の子のことを楽しげに語らない方がいいと思う。そんな態度、相手にひっぱたかれても文句言えないから」

「あ……。悪い。つい、いつもの癖で」

優等生然とした口調で教え聞かせるように語る夏希に、顔を青くしながら頭を下げる。

やばいな。確かに今のは、一緒にいる夏希に対して失礼だった。

ただ、謝る俺の肩を、夏希は仕方ないという顔で軽く叩いてきた。

「べつにいいけどね。大和が雪乃の忠犬だってことはわかってるし。それよりも、これからどうしようか。すぐにお昼食べに行く？」

小首をかしげながら、夏希が訊いてくる。

スマホで時刻を確認したら、今はちょうど十二時を回ったところ。レストランが昼食時で一番混んでいる時間帯だ。これからすぐレストラン街へ行っても、満席で待つことは確実だろう。

「今行くと、確実に混んでるよな。どこかで時間つぶしてから昼にしようぜ」

「うん、了解。それじゃあ、ちょっと行きたいところがあるんだけど、つき合ってくれる？」

「もちろん」

俺がうなずくと、夏希は先導するように「こっち」と一歩前を歩き始めた。向かったのは駅ビル、レストラン街の二階層下のフロアだ。小物や雑貨を扱う店が並んでいるこのフロアで夏希が向かったのは……なんと、この間雪乃とも行った雑貨屋だった。

ふと胸の奥に、チリッと静電気が走ったような痛みを感じる。あの日、俺の服の裾を引いて「次はそこの店」と言った雪乃の声が、頭の中にこだました。

「どうかした？」

「いや、なんでも……」

どうやら、思い切り顔に出ていたらしい。夏希が不思議そうに俺の顔をのぞいてきたので、焦りから口ごもってしまった。

夏希は雪乃よりも十センチ近く背が高いから、見つめてくる瞳がより近くにある。その黒い瞳には、動揺を隠せない俺の無様《ぶざま》な姿が見て取れた。

そんな自分を見られたくなくて、俺は夏希の目から顔をそらした。

つい十分前に注意されたのと大して変わらないことを繰り返して……。ほんと、何やってんだろうな、俺は。

――そうやって、自己嫌悪に浸っていた、そのときだ。

「大和！」

突然、夏希が俺の名前を呼びながら、腕を引っ張ってきた。同時に、茶色がかった長い髪が視界を横切っていく。

どうやら考え事をしていたせいで、人とぶつかりそうになっていたらしい。夏希はそれに気がついて、俺を助けてくれたようだ。

「──雪乃！」

ただ、それを理解するよりも早く、俺は雪乃の名前を口にしながら、ぶつかりそうになった相手の方へ振り返っていた。

すると、向こうもこちらを振り返っていたようで、バッチリと目が合った。当然ながら、雪乃ではない。髪の色や長さ、背格好はそっくりだが、まったくの別人だ。

「あ、その……すみません。ちょっと知り合いかと思ったもので」

「いえ、こちらこそ……」

目が合った気まずさから、お互いにへこへこと頭を下げ合う。そのまま、相手の女性は雑踏の中にまぎれていった。

「まったく。ちゃんと前見て歩かないと……って、大和？」

「んあ？　あ、すまん。……そうだな。悪い」

無意識に歩き去る女性の後ろ姿を追っていたことに気づき、あわてて視線を外す。けれど、再び胸に湧いたざわめきは消えない。自己嫌悪しているところで虚を突かれたせいか、今日の中で一番雪乃のことを意識させられてしまった。

あの内弁慶な幼馴染みが隣にいないことが、急に寂しくてたまらなくなる。夏希に失礼だと思いながらも、自分の気持ちをコントロールできない。雪乃への焦がれと夏希への罪悪感だけが、どんどん募っていってしまう。

こんなことになるなら、あいつへの恋心なんて自覚しなければよかった。そうすれば、こんなつらい思いをしなくて済んだのに……。

そんな苛立《いらだ》ちにも似た情けない気持ちに、胸が苦しくなった。

「……大和さ、雪乃と何かあったでしょ」

「え？」

不意に夏希から雪乃の名前を出され、いつの間にかうつむいていた顔を上げる。

そこには、仕方ないなと言いたげな夏希のほほ笑みがあった。

「なんか今日の大和、いつも以上に雪乃のことが気になって仕方ないって顔してる。昔、雪乃とけんかしたときも、そんな顔してたよね」

「べつに、けんかなんて……」

「でも、何かあったのは正解でしょ？」

尋ねる形を取りつつも、夏希は確信を持っている様子だ。

図星を突かれた俺が黙り込んでいると、夏希は「やっぱり」と笑みを深める。

さらに、夏希の推理ショーはこれだけじゃ終わらなかった。

「あとさ、今日、雪乃が急用で代わりにあなたが来たっていうのも嘘でしょ。本当は、これも雪乃が仕組んだんじゃない？」

「……気づいていたのか」

「確信できたのは、さっきの大和を見たからだけどね。洋孝から聞いた、この間の遊園地の件もあったし、そうかな〜って」

夏希が、「こっちも正解だったみたいね」と得意げな顔で言う。

一方、驚きで胸を焦がす苦しさも吹っ飛んだ俺は、もはや唖然《あぜん》として夏希を見つめる。

まさか、夏希がここまで見抜いてくるとは思わなかった。この鋭すぎる洞察力と推理力は、雪乃にも引けを取っていないだろう。さすがは才色兼備の優等生。頭の出来が違う。

ただ、そんな優等生にも苦手分野はあるわけで……。

「でも、雪乃の目的はいまいちよくわからないのよね。この間は私たちがつき合っているか確かめたいってトンチキな理由だったみたいだけど、今日はいったい何がしたかったのか……」

やれやれとため息をつく夏希を前に、俺は心の中でズッコケた。

雪乃が自分と俺をくっつけようとしていることは、推理できなかったらしい。さすがは鈍感女王。オチをつけるのを忘れない。なんか安心した。

ともあれ、さすがにここまで見抜かれてしまうと、誤魔化しようがない。完全に脱帽だ。

「お前、やっぱりすげぇよ」

「それはどうも。お褒めに預かり、光栄です」

降参した俺が推理を褒めると、夏希は澄まし顔で応じた。こういう態度にも嫌みが感じられないから、こいつは本当にすごいと思う。

「でも、そういうことなら私とのんきに買い物している場合じゃないでしょ。ほら、さっさと雪乃のところへ行ってきなさい。それで、きちんと仲直りしてくること。いいわね」

「だから、けんかじゃねぇって」

「なんでもいいわよ。ほら、さっさと行く！」

俺の背後に回り込んだ夏希が、トンと背中を押してきた。それだけのことなのに、なんか体が軽くなった気がした。

「……悪いな、夏希」

「いいわよ、べつに。ただし、これは貸しだから。——実はもう一本観たい映画があるのよね～。今度は洋孝も誘って、四人で観に行くとかもいいかな～」

「奢れってか！　お前、いい根性してるな！」

夏希に乗っかって、こちらもジト目でツッコミを入れる。これも夏希の気遣いなんだよな、きっと。

「まあいいや。そっちは考えとくよ」

「うん、よろしく」

そう言って手を振ってくる夏希にうなずき返し、俺は人波を縫《ぬ》うようにして駆け出した。

3

夏希と別れた俺は、家路を急いだ。最寄りのバス停でバスを降りてからは、駆け足で家を目指す。

走りながら頭に浮かぶのは、雪乃のことばかりだ。

夏希が背中を押してくれたおかげで、なんかいろんなものが吹っ切れた。もう二十八日への影響なんて知らん。これ以上あいつが妙なことを企めないよう、どでかい爆弾をぶつけてやる！

そんな決意を持って、家の近くの角を曲がる。

すると視線の先に、いつかと同じく小柄な人影が飛び込んできた。

白い素足、地味な短パンとTシャツ、肩にかけたエコバッグ。そして慣れた首の角度のところに、今一番会いたい顔があった。

「──雪乃」

「おかえり、大和」

荒れた息を整えながら呼びかけると、かすかにほほ笑んだと言えなくもない顔で、雪乃がこちらを向いた。

九日ぶりに聞いたその声に、心の底から安心した。

「ずっとそこに立っていたのか？」

「まさか。夏希から連絡があったから、タイミング見て外に出ただけ。それより、あんた、バカなの？　デートだと思えって手紙に書いといたのに、夏希を放り出してくるとか何考えてんのよ」

「バカはお互い様だ。いきなり夏希とデートしろとか、お前こそ何考えてんだ」

呆れた様子の雪乃に、こっちも同じような言い回しで反論しておく。

俺の皮肉を受け取った雪乃は、一瞬むっとした表情を見せる。けど、すぐに「確かにバカだったかもね」とため息をついた。

「今日のこと、夏希に電話でこっぴどく叱られたわ。『あまり大和を困らせるな』って。しかも、叱ったあとに出てきたのは、私とあんたの心配ばっか。あの子は本当に、根がいい子すぎる。洋孝くんといい、あんたの周りにはいい人ばかりね」

「ああ、そうだな。ふたりとも、俺たちにはもったいなさすぎる、最高の友達だ」

俺の返しに、雪乃も何気なく「本当にね」と同意する。

そんな雪乃に向かって、俺は言い聞かせるように言葉を続けた。

「なあ、雪乃。お前が、俺と夏希をくっつけようとしていることはわかった。けど、もう妙なことは企むな。はっきり言って……迷惑だ」

「ええ。わたしもさすがに今回ので反省した。これ以上、余計なことはしない。勝手なことしてごめんね、大和。夏希にも、わたしの方からもう一度謝っておく」

そう言って、雪乃は深々と頭を下げた。どうやら、本当に反省しているらしい。

「けど、ひとつ聞かせて。あんた、本当に夏希とつき合いたいって思わなかったの？　美人で強くて優しくて……あんなに素敵な子、そうそういるもんじゃないのに。もしかしてあんた、夏希のことが嫌いなの？」

「何言ってんだ。そんなわけないだろ」

雪乃の問いかけに対し、俺はあっけらかんと首を振る。

夏希のことが、嫌いなわけがない。

だって、あいつが隣にいてくれると、すごく心強いから。ときに冷静に、ときに優しく、ときに力強く支えてくれる。俺が今ここに立てているのだって、完全にあいつのおかげだ。本当に、感謝してもし切れない。

——ただ、それでも……。

「けど、さっきも言っただろう。夏希は俺にとって、最高の友達だって」

そう。どんなときにも頼りになる——最高の友達。つき合いたいとか、そういう尺度で測る相手じゃないんだ、夏希は。

俺の言葉に、雪乃は真剣に耳を傾けている。だからその澄んだ瞳から目をそらすことなく、俺は自分の気持ちをはっきりと言葉にした。今さら、他の誰かになびくわけないだろうが」

俺の声が空気に溶け、わずかな余韻を生む。

言い切った瞬間、俺の全身が沸騰したように熱を持った。鏡を見るまでもなく、肌は全身くまなく赤くなっていることだろう。

だけど、後悔はしていない。こいつに会ったら絶対に言ってやるって、決めていたから。

同時に、雪乃の瞳が潤みを帯びたかのように揺らめく。その瞳を見られまいとしたのか、雪乃は目を閉じ、かすかにうつむいた。

そのまま雪乃はこちらに歩み寄り、自分のおでこを俺の胸に押し当ててくる。

「本当はね、あんたがわたしに洋孝くんのことをどう思っているか訊いてきたとき、〝洋孝くんのことが好き〟って答えるつもりだった。そうすれば、あんたの心を夏希の方に傾けられるって、わかっていたから。――けど、どうしてもできなかった……」

「――ッ！　それって……」

期待と願望含みで雪乃の言わんとしていることを悟り、逸《はや》る気持ちを抑えながら先を促す。

すると、俺から一歩二歩と離れた雪乃が、花のように可憐な笑顔を浮かべて、俺の告白に対する返事を口にした。

「わたしも――あんたのことが好きよ。この世界中の誰よりも、あんたを愛している自信がある。言葉を尽くしても足りないくらい、あんたのことが大好き！」

雪乃の返事が胸に染み入り、先程とは違う熱を生み出す。

おそらく俺の人生の中で、今が最も幸せな瞬間だろう。好きな人が、思いを受け止めてくれた。世界中の誰よりも愛していると言ってくれた。こんな奇跡、他にない。

「でも……残念だけどわたしは、あんたの気持ちに応えることはできない」

「え……？」

だけど、自分が過去に遡った理由を棚上げにした罰だろうか。俺が幸福を感じていられる時間は、あっという間に終わりを迎えた。

疑問の声を発した俺に、雪乃は決定的なひと言を告げる。

「だってわたしは――明後日の夜明け前に死んじゃうから」

あまりにもあっさりと告げられたそのセリフを理解するのに、三秒ほどかかった。

そして、理解したあとに俺を襲ったのは、膝が砕けそうなほどに重い絶望だった。

未来は、何も変わっていなかった。雪乃が死ぬ未来は、やはりすぐそこまで迫っていたのだ。

「明後日には死ぬって……どういうことだよ……」

かすれた声で、雪乃に訊き返す。

少なくとも、今の雪乃に自殺しそうなほどの精神的な何かは感じない。俺が考えていた、両親の後追いという線はなさそうに見える。

それでも雪乃は、〝一度目〟の世界と同じく、明後日の夜明け前に死ぬと言う。ならば、やはり何か理由があるはずなんだ。俺が考えていたのとまったく違う、こいつが自殺に至った理由が……。

「答えろ、雪乃。あのとき、なんでお前は崖から飛び降りた！」

真実を知りたい。その思いが強くなりすぎて、気がつけば俺は〝一度目〟の世界のことを問いかけていた。こんなことを今の雪乃に言ったって、なんのことかと困惑させてしまうだけなのに……。

だが、雪乃から返ってきたのは、こちらの予想の斜め上をいく言葉だった。

「『あのとき』か……。時間を巻き戻したのは、やっぱりあんただったのね」

「――ッ！」

雪乃が、確認できてすっきりしたという表情を見せる。

一方、俺は驚きのあまり、言葉を失った。自分の失言と、それに対する雪乃の反応に、頭の中が真っ白になる。

「保険のために、と思ってこれを持っていったのが、こんな形で仇《あだ》になるとは思わなかった。まあ、どういうわけか、わたしも記憶を保持したままやり直せたから結果オーライだったけど……。おかげで、わたしの結論が間違っていなかったことも確認できたし、ある意味助かったわ」

絶句する俺の前で、雪乃はなんでもないことのようにつぶやきながら、肩にかけていたエコバッグの中に手を入れた。雪乃の手に握られて出てきたのは——俺の意識を過去に飛ばした、例の古書だ。

「狐につままれたような顔ね。あんたが過去に飛ぶ前の世界で、私がこの本を持っていた理由、あんたはどう考えていたの？ 感傷的なことを理由として考えていたんなら、あんたの推理力は致命的なまでに落第点よ」

「理由って……。まさか……」

顔面から血の気が引いていく。

雪乃があの古書を持っていたのは、両親との思い出の品だからだと思っていた。雪乃が言う通り、感傷的な理由を勝手にこじつけて、思考を停止していた。

でも、他に理由があったとしたら、そんなのはひとつしかない。

ようやくそこへたどり着いた俺に、雪乃は「そうよ」とうなずきながら、答え合わせをしてくれた。

「わたしも時間をやり直していたの。――それも、一度やり直しただけのあんたと違って、何度もね」

あらためて雪乃の口からタイムリープの事実を聞かされて、頭を殴られたような衝撃が走った。

「まあ、わたしはあんたと違って、一週間しかタイムリープすることができなかったけど……。非科学的なことだけど、わたしとあんたのタイムリープに対する資質の違いってことなのかもね」

雪乃が古書を見つめながら、考察じみたことを言う。けれど、俺は雪乃の分析を完全に聞き流していた。頭の中で点だったものが線としてつながり始め、聞き取っているだけの余裕がなかった。

なぜ、言われるまで気がつかなかったのだろう。ちょっと考えれば、すぐにわかっただろうに。雪乃が偶然持っていた本が、偶然タイムリープを可能にする本だった？

そんなこと、普通に考えてありえるわけがない。

ならば、雪乃があの本を持つ必然性があったんだ。雪乃自身がタイムリープに使うという必然性が……。

それに、雪乃の一週間しかタイムリープできなかったという言葉は、〝一度目〟の世界でこいつの様子がおかしくなった時期と重なる。〝一度目〟の世界で俺が雪乃に感じた雰囲気の変化は、両親の命日が近いことによるものじゃなくて、タイムリープによるものだったんだ。

本当に、何から何まで俺の推理は的外れだった。迷探偵もいいところだ。

ただ、そこまで理解したところで、ひとつの疑問が生じた。

「待て、雪乃。お前が俺の前に何度もタイムリープしてたことはわかった。でも、そうすると逆にわからないことがある。お前……いったいなんのためにタイムリープを繰り返したんだ？」

まさか何度も自殺するためにタイムリープを繰り返したわけではないだろう。そもそも実際に雪乃が自殺した、今の俺にとっての〝一度目〟の世界において、雪乃自身はタイムリープを行っていない。

なら、それより前の世界では、雪乃がタイムリープする理由があったはずなんだ。

そんな俺の問いかけに、雪乃はどこか憔悴した様子で答えた。

「わたしがタイムリープを繰り返した理由はひとつ。――あんたを助けるためよ」

「は？　俺を助ける？」

戸惑う俺に「そう」と肯定し、雪乃は淡々とした口調で続ける。

「あの日に起こったことは、ひとつ前の世界しか知らないあんたからすると、単なる〝私の自殺〟に思えたかもしれない。けど、事実は違う。あの日に起こるのは、正確には〝わたしかあんたの死〟よ。わたしが死ななければ、明後日の朝に死ぬのは、あんたということになる。実際、わたしはあんたが死ぬところを、何度も見てきた」

「俺が……死んだ？」

茫然自失する俺に、雪乃は黙ってうなずく。

「わたしがタイムリープを始める前――わたしにとって〝一度目〟の世界の七月二十八日、わたしとあんたは天根市展望台へ皆既月食を見に行ったの」

雪乃が語るのは、今の俺が知らない、けれど確かにあったという世界の記憶だ。ひとつ前の世界までの記憶しか持っていない俺に、雪乃はそれ以前の時間の旅の中で見てきた真実を語り出した。

「その世界でね、わたしは展望台の崖から落ちそうになったの。わたしがよりかかった柵の根元が壊れていて、折れた柵ごとわたしは崖の向こうへ倒れかけた。……でも、わたしは助かった。咄嗟《とっさ》にあんたが、わたしの手を引っ張ってくれたから」

そこで、雪乃は言葉を切った。

見れば、雪乃はその先を口にするのをためらっている様子だ。

でも、ここまで来れば、そのあとに何が起こったかは簡単に想像がつく。だから雪乃の代わりに、俺がその言葉を口にした。

「……で、お前を助けたその世界の〝俺〟は、代わりに崖から落っこちたんだな」

小さくうなずく雪乃に、俺も「……そうか」と短い言葉で相槌を打つ。

不思議なもので、自分の死を語られたのに、ショックはあまりなかった。いや、むしろ清々《すがすが》しささえ感じていた。

俺にとっての〝一度目〟の世界において、俺は雪乃の手を取ることができなかった。でも、雪乃にとっての〝一度目〟の世界にいた〝俺〟は、間に合ったのだ。雪乃を助けることができたのだ。的外れな感想だってわかっているけど、その事実が俺にとっては何より誇らしかった。

ただ、それはあくまで俺の側から見た感想だ。雪乃からすれば、これっぽっちの救いにもならない。

「崖の下に落ちたあんたが即死だったってことは、ひと目でわかった。そして、あんたの死を目の当たりにしたわたしは、気が動転してとんでもない行動を取ってしまった」

雪乃は、話を続ける。

〝俺〟の死を悟った雪乃は、一目散にその場を離れ、自分の家へと自転車を漕ぎ出したらしい。そのとき、雪乃の頭に浮かんでいたのは、この古書と雪乃のお父さんの言葉だったそうだ。

「お父さん、わたしが小さいころからよく言ってたのよ。この古書をわたしに見せて、『その昔、この本は皆既月食の間だけ奇跡を起こしていたそうだよ。なんと、持ち主の意識を過去へと送り届けていたらしい』って……。まあ、わたしは子どものころからその話を全然信じてなかったけど。お父さんたちがいなくなってからは、すっかり忘れてたくらい」

雪乃が肩をすくめてみせる。

雪乃の家は、曾祖父の代から天文学者をやっている家系だ。聞けばこの古書も、雪乃の曾爺《ひいじい》さんの代から受け継がれてきた舶来品《はくらいひん》らしい。雪乃の父親が雪乃に話した逸話も、代々真上家で語り継がれてきたものとのことだった。

だからこの古書は俺が思っていた通り、雪乃にとって今は亡き家族と自分をつなぐ大事な思い出の品ということになる。

ただ、こいつは俺が思っていたほど、この古書自体に思い入れを持っていなかった。今回の件が起こるまで、この古書を〝形見のひとつ〟としてしか見ていなかったのだ。

だが、〝俺〟の死を目の当たりにした雪乃は、真っ先にこれにすがった。父親から聞かされたトンチンカンな逸話を思い出し、自分の価値観を曲げてでも信じることにしたのだ。普段、完全リアリストの雪乃が……。

いや、もしかしたらこいつは、古書そのものではなく、それを残した両親にすがったのかもしれないな。

「古書を手に取ったわたしは、必死に願った。『本当に奇跡を起こせるなら、今すぐ起こして。わたしを大和が死ぬ前に戻して！』って。——そしたら、本当に奇跡が起こった。いきなり本が光り出して、気がつくとわたしの意識は一週間前に戻っていた」

雪乃の話は、俺のタイムリープのときの状況と一致する。

おそらくタイムリープを行う条件は、皆既月食の間に本を手にして心の底から願うことなのだろう。その願いが本に届くほど強ければ、個人の資質に合わせた期間だけタイムリープできる。そんなところだと思う。

まるでおとぎ話のようだな。実際に経験しなければ、絶対に信じられん。

そんな考察と感想を抱いていると、雪乃が話を続けた。

「でも、そこからが本当の地獄だった。タイムリープしたわたしは、〝二度目〟の二十八日では柵に近づかないようにした。そしたら何が起こったと思う？　あんた、〝一度目〟に死んだのと同じ時間に、あの展望台で突然心臓発作を起こして死んじゃったのよ」

雪乃が自嘲するように乾いた笑みを見せる。その笑顔は、俺にとっての〝一度目〟の世界でこいつが見せた、あの儚げな笑顔に通じるものがあった。

「あとはもうトライアンドエラーの繰り返し。何度もタイムリープしながら、手を変え品を変え、あんたを生き残らせようとあがいた。でも、その度にあんたは何度もわたしの前で死んだ。〝三度目〟からは展望台へ行くのをやめたんだけど、そうしたら交通事故やら、強盗やら、もう何でもあり。あらゆる事象に邪魔をされて、七月二十八日午前四時三十二分の壁を超えることができなかった」

まるで堰《せき》を切ったかのように、雪乃が胸のうちにあったものを、とめどなく吐き出していく。それは感情の奔流《ほんりゅう》だ。

「わたしは、このどうしようもない運命に打ち負かされた。……ううん、それだけじゃない。わたしは次第に、感情が麻痺し始めた。あんたが死んでも、心が動かなくなっていった。まるでゲームをリセットするように世界を巻き戻して、実験の結果を確認するようにあんたの死を見届けるようになった。それに気がついたとき、わたしは絶望した。もう時間をやり直す気力もなくなるくらい、疲れ切ってしまった」

雪乃が経験してきた〝旅〟があまりに壮絶すぎて、俺の方まで言葉を失ってしまう。うめき声のひとつさえ出すことができない。

……だけど、今、ようやくわかった。

俺にとっての〝一度目〟の世界で、雪乃は俺に「わたしは、結局勝てなかった」と言った。それに対して俺は「誰に？」と訊き返したが、それは見当違いだった。こいつが戦っていたのは人ではなく、世界そのものだったんだ。こいつは俺を助けようと、精神が擦り切れるまで世界と戦い続けていたんだ。

そして、どうあっても勝てない戦いに疲れ切った雪乃は……。

「そんなときに、ふと気づいたの。〝一度目〟の世界で、あんたはわたしを助けるために死んだ。それなら、わたしがその時間に死ねば、あんたの死を回避できるんじゃないかって」

俺が結論にたどり着いたと同時に、雪乃がその通りのことを口にする。

ただ、これには俺も黙っていられなかった。

「だからって本当に自殺することないだろう！　お前が死んでも、俺が助かる保証なんてなかった。下手すれば、お前の無駄死にってことになるところだったんだぞ！」

「でも、実際にうまくいったでしょ。まあ、あんたがわたしに代わって時間を巻き戻したのは予想外だったけど……。それにわたしは、自分が無駄死にしても、べつに構わなかった」

「――ッ！　バカ野郎！　そんなの、いいわけないだろうが！」

あまりに自分の命を軽んじる雪乃の発言に、思わず強い口調で怒鳴ってしまう。

「よかったの！」

けれど、雪乃も負けじと俺に怒鳴り返してきた。

「だって、わたしにはもう大和しかいないんだもん！　お父さんとお母さんがいなくなって、その上大和までいなくなった世界で生きていけるほど、わたしは強くないもん!!」

その小さな体のどこにそんな力があるのかという声量で、雪乃が訴える。

叫ぶ雪乃の目からは、大粒の涙がボロボロと零れ落ちていた。そんな雪乃の姿に、俺の方が動揺してしまう。

どう答えていいのか、わからない。

お前はひとりじゃない、と言ってやるのは簡単だ。簡単だけど……それではきっと何も解決しない。今の雪乃を救うことはできない。

雪乃に何も言ってやることができなくて、それどころか雪乃の言葉をうれしく思う自分までいて、自己嫌悪から視線を地面に落としてしまう。

だから俺は、雪乃が今この瞬間に何をしているのか、気づくことができなかった。

最初に感じた違和感は、鼻を突く異臭だ。続いて、うつむいた額の先にチリチリと焦げつくような熱を感じた。

「え……？」

ポカンとした間抜け面をさらしながら、視線を上へ、そして前へと戻す。

そこには、燃え盛る古書を手にした雪乃の姿があった。その目にもう涙はなく、本を持っていない方の手には、百円ライターが握られている。それで火をつけたのだろう。鼻を突く異臭の正体は表装の革が焼けるにおい、熱の正体は燃え上がる炎だったのだ。

「バカ野郎！　何やってんだ！」

あわてて雪乃の手から本を払い落とし、靴で何度も踏みつけて火を消す。どうにか炎がおさまったときには、古書は黒焦げになっていた。

火が消えたことを確認した俺は、続いて雪乃の手を取ってまじまじと見つめる。いつもの白くて小さな手だ。幸いなことに、火傷《やけど》はしていないようだった。

「怪我はしてないようだな。お前な、いきなり何を――」

「……これで、もうタイムリープはできなくなった」

俺の言葉に被《かぶ》せるように、雪乃が淡々と言う。その意味を理解したとき、俺は目を見開いて固まった。

そう。これまでのタイムリープは、この本が起こしていた奇跡だ。それが燃え落ちた今、二度とタイムリープはできない。誰が死んでも……もうやり直すことはできない。

驚きと恐怖におののく声で、雪乃に問う。

「お前、なんで……」

「これ以上、あんたに時間を巻き戻されたら困るから。明後日の朝、わたしが死んで、あんたが生き残る。それで、すべておしまいよ」

対する雪乃は、声を震わせることもなく、毅然《きぜん》と俺の問いかけに答えた。

もうすべてを覚悟し終えている。家族との大事なつながりさえも燃やしてみせたことが、その証拠。そう言わんばかりの面持ちだ。

「そんなこと、俺が認めるわけないだろうが！」

「……じゃあ、わたしの代わりにあんたが死ぬ？」

「――ッ！」

雪乃から突きつけられた選択に答えられず、声を詰まらせる。雪乃を助けたいと思いつつも、自身に迫った確かな死の恐怖に、体が動かなくなる。その隙を、雪乃は見逃さない。

「一応言っておくけど、そしたらわたしはあんたを追って自殺するわよ。あんたがいない世界に、価値なんてないから。どちらにしてもわたしが死ぬなら、あんただけでも生き残る方がマシじゃない。違う？」

違う、と言いたい。雪乃が死ぬ時点で、マシなんて言えるわけがない。それなのに、声が出てこない。俺の死と雪乃の死、ふたつの死の恐怖に板挟みにされて、思考がまとまらない。

死にたくない。死なせたくない。死にたくない。死なせたくない……。

同じ言葉が、頭の中で反響し合う。

まともな判断力を失いつつある俺に向かって、雪乃はさらに続ける。

「よく考えて、大和。あんたには、あんたを大切に思ってくれる人がたくさんいる。おじさんやおばさん、夏希に洋孝くん、きっと他にも……。その人たちを悲しませてもいいの？」

雪乃に言われた人々の顔が、頭に浮かぶ。父さん、母さん、夏希、洋孝。みんな、俺にとってかけがえのない人たちだ。その顔を想像するごとに、死にたくないという思いが強くなってきた。

まるで感情を駒にした詰将棋だ。雪乃は的確に、俺が生き残りたいと思うように手を進めていく。このままでは雪乃が死んでしまうとわかっていても、生き残りたいという気持ちを強くされてしまう。

「あんたは、もう何もしなくていい。あんたはよく頑張った。あとは、わたしがひとりでどうにかする。だから、あんたはわたしの分まで生きて」

俺の首に腕を回した雪乃が、耳もとでそっとささやく。それは、仕上げのひと言だ。

触れ合った雪乃のあたたかさとその優しげな声音に、俺は何も言えないまま立ち尽くすことしかできない。

その間に雪乃は俺から離れ、九日前と同じようにひとりで家の門をくぐっていく。

玄関前までたどり着いた雪乃は、ふと思い出したようにこちらへ振り返った。

「最後にひとつ教えてあげる。わたしがあんたと夏希をくっつけようとしたのはね、夏希ならあんたを支えてくれるって思ったからよ」

「俺を支えてくれる……？　どういう意味だよ……」

「わたしが死ねば、優しいあんたは絶対に自分を責めるでしょ。そんなあんたを、夏希なら救ってくれるってことよ」

奥歯を噛みながら聞き返す俺に、雪乃が迷いのない口調で言い切る。そこにあるのは、夏希に対する信頼だ。

「わたしにはもう何もできないけど、もしつらくなったら迷わず夏希を頼りなさい。夏希なら、きっとあんたに寄り添ってくれる。できればそのままわたしのことを忘れて、夏希と幸せになって」

それがわたしの最後の願いだから、と雪乃は祈るように言った。

「それと、あんたが最後にプレゼントしてくれたこの一か月、意外と悪くなかった。おかげで、今までできなかったことが全部できたから……。あんたに見せたくて買った服を着て、必死に練習したお化粧をして、あんたに褒めてもらえた。あのときは素直に言えなかったけど——すごくうれしかった」

あの七夕の夜のように、雪乃は天真爛漫に笑った。それは、素直じゃない雪乃が最後だからと俺に見せてくれた、飾らない気持ちだったのかもしれない。もしくは、俺に宛てた遺言か。

「だから、ありがとう、大和。——それと、さようなら」

そして雪乃が最後にかけてくれたのは——別れの言葉だった。

第四章　赤い月の夜に

1

雪乃に何も伝えることができなかった俺は、大きな虚無感と後悔を抱えたまま家に帰った。

頭の中を整理するためにシャワーを浴びてみるも、考えが煮詰まっていくだけで、気分はまったく晴れない。何もする気が起きず、食事も取らないまま、リビングのソファーに置物のように座り続けた。

雪乃が死ねば、俺が助かる。俺が死ねば、雪乃は助かる。けれど、俺が死ねば、雪乃は自ら命を絶つ。

こんなの、どうすればいいんだ。どうやっても雪乃が生きる未来が見つからない。ならば、やはり雪乃の言うことが正しいのか？　雪乃の死を受け入れて、悲しみを夏希や他のみんなと分かち合いながら生きていくことが、俺の取れる最善の手段なのか？

そんなわけがない。

そもそも、俺が雪乃の死を受け入れられるのなら、あの古書は俺をタイムリープさせたりしなかっただろう。たぶん、雪乃の死に対する俺の強い後悔が、あの奇跡を起こしたんだと思う。

雪乃はさっき、「わたしにはもう大和しかいないんだもん！」と言ってくれた。それなら、俺はどうなんだ。

俺にとって雪乃は、赤ん坊のころから一緒の幼馴染みで、生まれてはじめて好きになった大切な人だ。他の人たちと同様、いや、それ以上にかけがえのない女の子だ。俺だって、雪乃がいなくなった世界で生きていけるほど、強い人間ではない。

あらためて思うが、この世界は理不尽にも程がある。俺たちに、いったいなんの恨みがあるっていうんだ。

こうなってくると、タイムリープなんて手段が与えられたのも、この世界による悪意に思えてくる。半端な希望をちらつかせて同じ時間を繰り返させ、俺たちのどちらかが死ななければいけないっていう最悪の現実を、俺たち自身に突き止めさせる。そして、どちらが死ぬか、俺たち自身に選ばせる。まさに最悪のシナリオだ。反吐《へど》が出る。

雪乃は自立の一歩を踏み出して、俺たちは互いの気持ちを伝え合った。これからは、きっと今までよりも楽しい日々が待っているはずだったんだ。

なのに、なんでそんな未来を理不尽に奪われなければならない！　抗《あらが》いの余地もなく、すべてを失わなければならない！

こんな運命、納得できるわけがない!!

……………………。

……ああ、そうか。雪乃は、こんな気持ちをずっとひとりで味わい続けてきたんだ。何度も世界をやり直し、何度も〝俺〟が死ぬところを見ながら、今の俺のように自分の無力さを呪ってきたんだ。

今なら、あいつの気持ちがわかる。どうにもならない運命に抗うことは、これほどまでにつらいんだ。これほどまでに心を締めつけ、焼き焦がしていくんだ。こんな思いを抱え続けていたら、すべてを終わらせたくなって当然だろう。

いっそのこと、俺も雪乃と同じことをしてやろうか。雪乃の死を見届け、あとを追う。そうすれば、すべて楽になるかもしれない。

けど、死ねばすべてが終わりだ。その先には何もない。

それならやっぱり、雪乃に死んでほしくない。雪乃に生きていてほしい。こんな理不尽を強いてくるようなむかつく世界だけど、ここであいつと一緒にいたい。

けど、それには俺の死が必須で、そしたら雪乃は……。

そんなふうに、思考は同じ場所を何度も空回りする。発散されないほの暗い気持ちは、俺の腹の底に泥《どろ》となってこびりついていくようだった——。

気がつけば、いつの間にかリビングに朝日が差し込んでいた。掛け時計は、朝の九時を指している。どうやら俺は、十五時間以上も出口のない考え事を続けていたらしい。

七月二十七日。運命のときまで、残り二十四時間を切った。

けど……なんだかもう疲れた。何が正しくて、何が間違っているのか。そんなものは、もう知ったことじゃない。

考えることを放棄したって、何も解決しないことはわかっている。ここで投げ出したら、きっとすべてが終わったあとで死ぬほど後悔するだろう。それもわかっている。それでも俺は、今の空回りし続ける地獄から逃げ出したかった。

もう何も考えずに休みたい。すべてを忘れて、ぐっすり眠ってしまいたい。

そんな欲望に、身を委ねてしまいたくなる。

そのときだ。静寂で満ちていた家に、ひとつの聞き慣れた音が響いた。玄関のチャイムが押されたのだ。

けど、俺はソファーから立ち上がりもしなかった。そうするのが当然であるように、居留守を決め込む。どうせ両親絡みの宅配便か何かだから、今のこの疲れ切った状態で出ていく必要もないだろう。

ただ、この来客はなかなか頑固だった。しばらく時間をおいて、もう一度チャイムを鳴らしてきたのだ。加えて、玄関の扉をドンドンと叩き始めた。寝不足の頭に耳障りな音が響き、苛立ちが募ってくる。

居留守を決め込んでやろうと思っていたが、予定変更だ。「うるさい！」と文句を言ってやる。

そう思ってリビングを出ると、玄関の方からドアを叩く音とともに、「大和、いないの!?」という声が聞こえてきた。

「……夏希？」

ドア越しのせいか少しくぐもっているけれど、それは確かに夏希の声だ。

こんな朝っぱらから、どうして夏希が？　しかも、電話やメールではなく直接家に来るなんて、どうしたのだろうか。

不思議に思いつつも、鍵を開けて扉を開く。そこには、俺が出てきたことに安堵した様子の夏希が立っていた。

「よかった、いたんだ……。もう、それなら居留守なんか使わないで、さっさと出てきてよ！　何回も電話したのに、まったく出ないし！」

「……悪い」

後頭部をかきながら、夏希から目をそらす。今の自分があまりに無様すぎて、まともに顔を合わせることができない。

あと、電話の方はまったく気がつかなかった。スマホ、昨日どこに置いたっけ。

そんな俺の心中を知ってか知らずか、夏希は急《せ》くように口を開いた。

「べつに謝らなくてもいいから。それよりも大和、雪乃がどこに行ったか知らない？」

言われた瞬間、心臓がドキリと跳ねた。動揺を隠すことができず、思わず一歩後退りしてしまう。

なぜこのタイミングで、夏希が雪乃のことを訊いてくる？　これはいったい、どういうことだ？

「その様子、何か知っているみたいね。──教えて、雪乃はどこにいるの？」

「いや、『どこにいるの？』って訊かれても、俺は知らない。家にいないのか？」

俺が逆に訊き返すと、夏希は目に見えて落胆し、「さっき行ってみたら、いなかったの……」と消え入りそうな声で答えた。

そのまま夏希は肩から下げていたカバンからスマホを取り出し、俺に見せてくる。

「今朝、雪乃から突然このメールが来たの。すぐに電話してみたんだけどつながらないし、私、心配になって……」

夏希からスマホを受け取り、問題のメールとやらに目を通す。

それは、昨日の件についての謝罪から始まるメールだった。

【夏希、昨日は勝手なことして、ごめんなさい。夏希と大和のふたりに迷惑をかけたこと、本当に反省している。本当に、本当に、ごめんなさい。

できればこの埋め合わせをきっちりしたいところだけど、実はそれもできなくなっちゃった。今日はそれを伝えるためにメールしたの。

夏希、わたしね、明日の朝、遠くへ行くことになった。だから、夏希ともこれでお別れになっちゃう。

今まで仲良くしてくれて、どうもありがとう。わたしにとって夏希は、唯一心を許せる女友達で――大好きな親友だった。本当はもっとずっと一緒にいたかったけど、残念。これからも、元気でね。
P.S. わたしがこんなこと頼むのはお門《かど》違いかもしれないけど、最後のお願い。もし夏希が嫌じゃなかったら、大和のことを支えてあげてほしい。できれば、ずっと隣で。考えてみて。

雪乃】

それほど長くないメールを読み終え、夏希にスマホを返す。

俺にはわかる。これは、雪乃が夏希に宛てた遺書だ。あいつ、「もう余計なことはしない」と言っておきながら、しっかり置き土産を残していきやがった。

家にはいないらしいが、姿を消したのは俺や夏希と会わないようにするためだろうか。

「これと似たメールが、洋孝にも来てたわ。雪乃に電話した直後に、洋孝から電話があったの。それで、さっき雪乃の家の前で合流したんだけど……あの子がいないってわかったら、『近くを探してみる！』って走っていっちゃった」

雪乃の考えを探る俺に向かって、夏希はさらに追加の情報を寄越してきた。

夏希だけじゃなくて、洋孝にまで……。立つ鳥跡を濁《にご》さずって言うけど、まさにそんな感じだな。徹底している。

「ねえ、大和。これって、どういうことなの？　昨日、あれから何かあったの？　これって、雪乃が明日、どこかに引っ越しちゃうってこと？」

スマホをぎゅっと握りしめ、夏希が俺を見つめる。その瞳には、雪乃との急な別れに対する戸惑いが見て取れた。

雪乃の後見人がうちの両親であることは、夏希も知っている。だからこそ、俺ならその辺の事情も知っていると思っているのだろう。

その読みは正解だ。俺は事情を知っている。もっともその事情とは、この世界によって俺か雪乃が殺されるっていう突拍子もない事実だけど……。

「ごめん。俺からは……何も言えない」

ただ、それを夏希には言えない。言っても信じてもらえないだろうし、これは俺たちの問題だから。

それに、このメールを事実だと認めたら、雪乃が死ぬことを認めたことになる。考えることを放棄した俺がどう言い繕っても言い訳にしかならないが、それでも雪乃の死を自分で肯定することだけは嫌だった。

けど、夏希はそれで納得してくれない。

「何それ。言えないってどういうこと？　あなた、いったい何を隠しているの？」

「だから、言えないものは言えないんだって！　それくらいわかってくれよ!!」

なおも問いただしてくる夏希に、思わずきつい口調で怒鳴ってしまった。

自分の大声に自分で驚き、頭に上った血が一気に下がっていく。血の気が引いて青ざめた顔で夏希を見ると、目を見張って絶句していた。

「すまん。ちょっとテンパってた。許してくれ」

「ううん。私も取り乱してた。大和を責めても仕方ないのに……。ごめんなさい」

気まずい空気が流れ、互いに謝り合う。

「何か事情があることはわかったわ。すごく気になるけど、もう深く突っ込むことはしない。——けど、代わりに聞かせて。大和は、このまま雪乃がいなくなってもいいの？」

一度深呼吸をし、冷静さを取り戻したところで、あらためて夏希が訊いてきた。

それに対して、俺はくちびるを噛んで押し黙る。

雪乃がいなくなっていいわけない。でも、どうしたらいいかわからないんだ。そもそも、天才である雪乃が挑んで為す術《すべ》なく敗れた難問に、俺が太刀《たち》打ちできるはずもない。実際、一晩考えても何も思いつかなった。

夏希の前で自分の不甲斐なさをあらためて実感し、うつむいてしまう。

「――そっか。安心した。やっぱり大和、雪乃とお別れする気なんてさらさらないんだね」

「え……？」

夏希の穏やかで言葉通り安心した様子の声に、うつむいていた顔を上げる。そんな俺に向かって、夏希はやわらかな声で続けた。

「大和、気づいてた？　あなた、さっきからずっと打ちひしがれた顔してるの」

「……気づいてなかったけど、心当たりはある」

「最初はどうしてかわからなかったけど、今なら見当はつく。あなたのことだから、雪乃とお別れしたくなくて、一晩中なんとかできないか考えていたんでしょ。けど、結局何も思いつかなくて途方に暮れた。そのまま八方ふさがりになったあなたは、すべてを投げ出したくなった。違う？」

夏希の推理に、間違っていないと首を縦に振る。俺の周りの女は、揃いも揃って観察眼が鋭すぎだ。顔を見ただけでそこまで当てられたら、抵抗する気にもなれない。

「でも大和は、結局投げ出さなかったんだね。だから、今もそうやってくちびるを噛みしめて、必死に糸口を見つけようとしている」

夏希はとりわけ優しい口調で、「すごいよ、大和は」と言ってくれた。

その言葉に、俺の目から涙があふれ出す。

そんなことない。すごくなんかない。今の俺は、逃げ出す勇気さえない半端野郎ってだけだ。雪乃を失うのが怖くて、でも自分では何もできなくて、惨めに救いを求めているに過ぎない。夏希に褒められるべきところなんて、ひとつもない。

「……俺の頭じゃあ、どうすればいいかわからないんだ。雪乃を助けたいのに、その方法が見つけられない！」

涙とともに、弱音が零れ出す。立っていることができなくなり、その場で崩れるように膝をつく。

もう、限界だった。もう、耐え切れない。あふれ出た涙と弱音が、俺の心をへし折っていく。

すると、夏希は仕方ないなと言わんばかりに、泣きじゃくる俺の頭を抱きしめた。

「雪乃に【支えてあげて】って言われちゃったからね。今だけは、助けてあげる」

頭の上から、夏希のあたたかな声が聞こえる。夏希の温もりと心臓の鼓動に安らぎを感じ、心の中を満たしていた不安と恐怖が溶けていく。

「あなたたちが何と戦っているのか、私はわからない。大和が『言えない』って言うなら、無理に聞いたりしない。――でも、忘れないで。あなたたちには、私がついてる。洋孝もいる。ひとりで抱え切れなくなったなら、私たちを頼っていいの。そのときは、私たちが絶対に力になるから」

あやすような夏希の言葉が、胸に染み込んでくる。

ひとりで抱え込まなくていい。自分たちを頼れ。

普段は薄っぺらく感じてしまうかもしれないそれらの言葉が、今はとても心強い。

それはきっと、夏希が本心からそう言ってくれているからだろう。頼れる人がいるだけでこんなにも心が安らぐことを、俺ははじめて知った。

気がつけば、涙は止まっていた。夏希は俺が泣き止んだことを見て取り、そっと俺の頭を解放した。

「はい！　甘やかすのはここまで！」

「……ごめん。その……助かった」

「気にしないで。今のは、雪乃への義理立てだから」

頬を朱色に染めた夏希が、にこりと微笑む。大人の女性のような包容力と、少女のあどけなさを併せ持つ、とても魅力的な笑顔だ。

「それとね、大和。私、もしかしたら大和のことが好きだったのかもしれない」

「はあ⁉ なんだよ、急に」

夏希からの突然の告白に、さっきまで泣いていたことも忘れてあわててしまう。

しかし、告白した当人は実にフラットな様子で「そんなに驚かないでよ」とため息をついた。

「あくまで、〝かもしれない〟ってだけの話なんだから。べつに大和とつき合いたいとか思っているわけでもないし」

「ええと、すまん。話がまったく見えないんだけど……」

「雪乃のメールのことよ。私が嫌じゃなかったら、大和をお願いってやつ」

夏希が、スマホの画面を俺の鼻先に突きつけてくる。

そういえば、追伸で書いてあったな。雪乃の最後の置き土産。

ようやく合点がいった俺に、夏希はやわらかな口調で語る。

「雪乃に言われて、私もちょっとまじめに考えてみたのよ。ずっと大和の隣にいるのって、私的にどうなんだろうって。そしたら、悪くないかもって思えた。今まで考えたことなかったけど、私も大和なら信用できるし」

「それは……喜んでいいのかな？」

「さあ？　でも、喜んだりしたら、それはそれで雪乃に対する裏切りかもね」

ちょっといたずらっぽい口調で夏希に釘を刺され、思わず口ごもる。

そんな俺の反応を見た夏希は、満足げにひとつうなずいた。

「うん、大和はそれでいいよ。だって大和の隣は、雪乃の指定席なんだから」

「夏希……」

「本当はさ、昔から思ってた。忠犬だなんだって茶化していたけど、雪乃のために頑張る大和は、いつもかっこいいって。私が大和を好きかもって思えたのは、きっとそんなあなたの姿に憧れていたからだと思う」

そう言って、夏希は俺に敬意のこもった眼差しを向けてくる。

対する俺は、うれしいやら恥ずかしいやら。こうまで真正面から褒められた経験なんてほとんどないから、どう反応していいか困ってしまう。

ただ、俺が戸惑っていられたのは、本当にわずかな間だった。

「あとさ、この際だから言うけど……実は私、雪乃のことが少し嫌いでした」

だって、夏希が唐突に、さらなる爆弾を投下したから。

「ちょっ!?　雪乃のことが嫌いって、どういうことだよ！」

夏希からの突然の告白第二弾に、俺はまたしても度肝を抜かれてしまう。

夏希が雪乃を嫌っていた？　いつも俺と一緒に、雪乃を守ってくれていたのに？

訳がわからないという顔の俺をまっすぐ見つめながら、夏希は答える。

「だって、雪乃って控えめに言っても気難しいし、ものすごくワガママじゃない？　それに、いつも大和の後ろに隠れてばっかだし、挙句の果てに自分の世話を全部大和にやらせてるし……。正直、呆れてものが言えないことばかりよ」

「いやまあ、確かにそれは否定できないけど……」

好きな子をボロクソに言われているのに、全部否定できないところが本当につらい。

雪乃、すまない。俺、無力だった。

「――でも、いろいろ呆れる部分はあるけど、嫌いにはなり切れない。だって、嫌いな部分よりも、好きな部分の方が多すぎるから」

「夏希……？」

不意に優しくなった夏希の声が、俺の意識を引っ張り戻す。あらためて夏希の顔を見れば、そこには声よりさらにやわらかなほほ笑みがあった。

「いつも隠れてるくせに、私が勝負を挑むと絶対に逃げないところが好き。手心なんか加えないで、いつも全力で応えてくれるところが好き。ワガママで気難しいけど、妙に優しいところが好き。そこをからかうと、照れて拗《す》ねるところが好き。遊園地に行ったとき、私に『迷惑かけた分だけ大和に恩返しする』って言っちゃうくらい、今でも大和を大切に思っているところが好き。——何より……私のことを今でも〝親友〟って言ってくるあの子が、たまらなく大好き！」

目を閉じた夏希が、歌うように朗々と〝好き〟を積み重ねていく。

一歩踏み込むことで〝好き〟の一部となった〝嫌い〟。重ねた〝嫌い〟に負けない数の〝好き〟——。

そこには確かに、夏希と雪乃が歩んできた時間、紡いできた絆があった。

「雪乃は私がこの世界でただひとり認めたライバルで、私にとっても大好きな親友なのよ。——だから、私も大和と一緒。私はあの子を失いたくない。私の前から、いなくなってほしくないの」

目を開いた夏希が、真上家の雪乃の部屋を見つめる。今はそこにいない親友の姿を思って……。

雪乃、やっぱりお前、勘違いしてるよ。お前には俺しかいないなんて、そんなことはなかったんだ。少なくともここにもうひとり、いいところもダメなところもわかった上で、すべてをひっくるめて「大好き！」って言ってくれる〝親友〟がいるじゃんか。やっぱりさ、お前がいなくなっていいなんてことは、絶対にないんだ！

それと……なんだろうな、これ。夏希の〝告白〟を聞いてたら、なんか俺の方まで力が湧いてきた。

「……うん。大和、少しいい顔になった」

「そうかな？」

「少なくとも、負け犬の顔じゃなくなったかな。チャレンジャーの顔になった」

夏希に言われて、自分の口もとに手で触れる。そこにはかすかだけど、笑っている感触があった。

状況は何も変わっていない。相変わらず、どうしたらいいかわからない。けど、気持ちは確かに前を向いた。昨日に続き、また夏希のおかげで、前を向けた。

夏希はそこへ、さらなる援護を送ってくれる。

「大和、さっき言っていたよね。『雪乃を助けたいのに、その方法が見つけられない』って。――でも、本当にそうなの？　大和も雪乃も、考えすぎで視野が狭くなって、見落としているだけじゃない？」

的外れなこと言っちゃったらごめんね、と前置きしつつ、夏希は続ける。

「方法なんて、案外身近なところに転がっているものよ。直談判《じかだんぱん》や親に相談、場合によっては駆け落ちもありね。そう考えると、何かいいアイデアが転がっていそうな気がしてこない？」

俺を勇気づけるため、夏希は陽気に明るく提案してくれる。

何も教えていないから当然だけど、残念なことにそれらは本当に的外れだ。俺と雪乃を取り巻く状況は、そんなことでどうにかできるものではない。神様やら世界やらに相談・直談判できるなら、話は別だけど……。

「それにもし雪乃がいなくなるのを止められないなら、いっそのこと一度引き渡したあとで迎えに行っちゃえばいいんじゃない？　囚《とら》われの姫を助ける騎士ってやつ。雪乃、惚れ直すかもよ」

「……え？」

ただ、続けて放たれたその一案に、俺は小さな引っかかりを覚えた。

いなくなるのを止められないなら、一度引き渡してしまう。そして、あとで迎えに行く。

「そんな……。いや、でも……」

夏希の言葉をもう一度吟味し、頭の中で現在の状況に合わせて構築し直す。完成したのは、なんともアホらしいアイデアだ。言うまでもなく、成功率は相当に低いだろう。タイムリープの鍵である古書がなくなり、やり直しがきかなくなった世界でこれを実行するのは、あまりにイカれている。

でも、雪乃はこれについて言及していなかった。もしかしたらこれは、雪乃もまだ試してはいないかもしれない。夏希の言う通り、雪乃にも見落としがあったかもしれない。

つまり……可能性があるということだ！　少なくとも、もう一度雪乃と話すだけの口実にはなる！

「どうかしたの、大和？」

急に黙り込み、これまた急に表情を輝かせ出した俺へ、夏希が不思議そうな目を向ける。

俺はそんな夏希の両肩に手を置き、ニッと目一杯笑って見せた。

「ありがとう、夏希。やっぱ、お前は頼りになるわ！」

「えっと……どういたしまして？」

顔を赤くした夏希が、目を白黒させている。こいつには、もう感謝しかない。本当に最高だよ！

「俺、もう一度雪乃に会ってくる。それで、俺のそばからいなくなるなって伝えてくる！」

真顔に戻った夏希は、黙って俺の宣言に耳を傾けてくれている。

だから俺も、真剣に、思いの丈を包み隠さず素直に伝える。

「これで雪乃を連れ戻せるかはわからない。もしかしたら、俺も雪乃と一緒に遠くへ行くことになるかもしれない。でも、最後までふたりで戻ってこられるように頑張る。雪乃にも頑張らせる。もう逃げようとはしない。誓うよ！」

そうだ。もしかしたら、ふたりともこの世界から旅立つことになるかもしれない。でも、もう迷わない。黙って雪乃を失うくらいなら、どんだけ惨めでも希望にすがってやる。雪乃も巻き込んで、この理不尽な世界に最後のけんかを売ってやる！

「それと、お前、昨日言っていたよな。映画奢れって。昨日は答えなかったから、今答えるよ。──約束する。必ず奢るから、待っていてくれ！」

そして最後に、夏希とひとつの約束をする。

俺がこれから行う博打《ばくち》の決め手は、俺の気力だ。非科学的と言われようがなんと言われようが、この世界と自分をつなぐ楔《くさび》は多いに越したことはない。それがきっと、理不尽を跳ね返す鍵になる。

伝えるべきことをすべて伝え終え、俺はあらためて夏希の目を見つめる。

俺の瞳に映る夏希は、くすくすと小さく笑い出した。

「戻ってこられるかわからないのに、約束はするのね」

夏希がおかしそうに肩を震わせる。

笑われても、仕方ないよな。俺の言っていること、かなり滅茶苦茶だし。

でも、夏希はすぐに力強い笑顔を俺に向け、激励するようにうなずいてくれた。

「わかった、楽しみにしてる。絶対、四人で映画観に行くんだからね」

「ＯＫ、了解だ！」

約束を受け入れてくれた夏希に、感謝を込めて返事をする。

夏希も「なら、よし！」と、今度はいつもの調子で応じてくれた。

「それにしても、ちょっとだけ雪乃が羨ましいわね。恋愛とか正直興味なかったけど、これだけ誰かに想われるっていうのは憧れるかも。どこかに私のことだけ見てくれる、一途《いちず》で素敵な男はいないものかしら」

「……あ〜、それならひとりいるかもしれないぞ。それも、案外近くに」

「は？　誰よ？」

それとなく洋孝のことを示唆してみたら、素でキョトンとされてしまった。これ、やっぱり本物だわ。

すまん、洋孝。この鈍感系ヒロイン、俺にはどうすることもできねぇや。頑張って、自力で想いを伝えてくれ。

俺が空に浮かぶ洋孝の笑顔に謝っていると、夏希は踵を返して俺に背を向けた。

「まあ、私の恋愛は冗談として、雪乃のことはあなたに任せるわ。今度こそきちんと雪乃に気持ち伝えて、落とし前をつけてきなさい」

「おう！　任せとけ！」

お空に浮かんだ洋孝に倣《なら》って、門扉のところでこちらを振り返る夏希にサムズアップをしてみる。

すると、夏希もつき合うように、俺に向かってサムズアップを返してきた。

そんなちょっと気取ったやり取りが、なんだか無性におかしい。俺が吹き出すと、夏希は一本取ったという得意顔で、今度は軽く手を振ってきた。

「じゃあね、大和。私、洋孝と合流して帰るから。映画の約束、忘れないでね」

「もちろん！　楽しみにしとけ」

俺がうなずくと、夏希は「うん」と微笑みながら去っていった。


夏希から力とヒントをもらった俺は、とりあえずベッドに倒れ込んで思い切り寝た。

これから、明日の明け方まで長丁場になる。今晩は寝ているヒマはないだろうし、大事なときに眠気で頭と体が働きませんでした、では話にならない。急がば回れ。まずは昨晩の徹夜で失った体力を回復するのが最優先だ。

泥のように眠った俺は、スマホのアラームで目覚めた。二十七日午後五時。予定通りだ。

昼間の睡眠のせいか寝不足を完全解消とはいかなかったけど、体のだるさはまったくない。これからの大博打に向けて、早くもアドレナリンが出始めているのかもしれないな。

シャワーを浴びると意識もはっきりし、きちんと食事も取って臨戦態勢は整った。

ここからは、勝率を上げるための準備だ。計画の要が展望台にあることは、すでにわかっている。よって、それを有効活用するのに必要な情報をネットで調べ、プリンターで印刷していく。あとは、調べた情報をもとにシミュレーションだ。

すべての準備を終えたころには、午後十時を回っていた。

雪乃が言うには、俺たちのどちらかが死ななければならないのは、明日の午前四時三十二分とのこと。残り六時間少々ある。

念のため部屋の窓から真上家の方を確認してみたが、家に明かりはついていない。やはり、あいつは帰ってきていないようだ。ここも予想通り。

ただ、意外と早く準備が整ってしまったため、少し時間を持て余した。さすがに今すぐ家を出ても、やることがない。

「……あ、そうだ」

ふと思いつきで、スマホを取り出す。

考えてみれば、あいつに何も連絡していなかった。夏希があらかた伝えている気もするけど、俺からもきっちりと落とし前はつけておかないとな。

そんなことを思いながら番号を呼び出して電話をかけると、わりとすぐにつながった。

『もっしもーし』

「おす、洋孝」

『うぃーす！　こんな時間にどうしたよ？』

いつもの能天気な口調で、洋孝が用件を訊いてきた。なんか、今のこの状況でこいつののんきな声を聞くと安心するな。

どこかリラックスした俺は、フランクに用件を切り出した。

「すまんな。ちょっとお前に言っておきたいことがあってさ」

『ん？　なんだ？　雪乃ちゃんの件なら、夏希から聞いてるぞ。お前がどうにかするから大丈夫って――』

「実は昨日な、俺、夏希とデートした。で、今朝夏希と会ったときに『好きだったかもしれない』と言われてしまってだな」

『――詳しく話を聞こうか。なんなら今すぐ会って話そうか！』

変わり身というか、食いつきが異常に早いな、こいつ。正座でスタンバっている姿が目に浮かぶ。

『さあ大和、どういうことか聞かせてくれ。夏希とデートしたってどういうことだ？　怒らないから言ってみ？　ん？』

口調は穏やかだが、電話口から発せられる雰囲気はまったく穏やかじゃない。マジモードだな、これ。

ともあれ、ひとまず事情を説明しておく。

「かいつまんで話すとだな、昨日、とある事情で夏希と映画観ることになったんだわ。で、なんやかんやあって夏希を置き去りにする形になったんだが、今朝あいつといろいろ話した末に『好きだったかもしれない』って言われた。以上だ」

『そうか、そうか。なるほどな……。…………。――うん！　まったくわけがわからんが、よくわかった。前置きはそれくらいでいい。興味ない。それで、お前はどう答えたんだ？　ん？』

洋孝が急かすような早口で先を促す。その剣幕に笑ってしまいながら、俺は洋孝に見えないとわかりつつも、首を横に振りながら答えた。

「いや、答えるも何もねぇよ。だってあいつ、『好きだったかもしれないだけで、べつにつき合いたいとか思ってない』的なこと言ってたからさ」

『何！　そうか、そんなこと言われたか！　……その、なんだ。元気出せよ』

一通り歓喜したあと、思い出したかのように神妙な口調で俺を励ます洋孝。ちなみに、通話口から伝わる気配は一貫して喜色満面だ。ある意味ものすごく器用だな、こいつ。

まあ、前置きのバカ話はこれくらいにして、そろそろ本題に入るとするか。

「――なあ、洋孝。お前、なんで今日、雪乃のために町中走り回ってくれたんだ？」

『あん？　なんだよ、急にマジな感じになって。なんでも何も、いきなりお別れメールなんて送られてきたら、いても立ってもいられないじゃんかよ』

「でもさ、お前と雪乃って、ついにこの間知り合ったばかりじゃん。それに、知り合ったその日に変な計画につき合わされてさ……。正直、お前が雪乃のために動く理由ってない気がするんだけど」

『遊園地の件の責任はオレと雪乃ちゃんでトントンだと思ってるし、恨んだりしちゃいねぇよ。――てかさ、お前こそ何言ってんだ。オレに動く理由がないだとか、本気で言ってんのか？』

電話の向こうで洋孝が鼻を鳴らした。どうやら、俺の言ったことが気に入らなかったらしい。憮然とした表情が、ありありと想像できる。

電話口から伝わる気配に俺がどうしたものかと考えていると、洋孝が〝わかってねぇな〜〟とでも言いたげなため息をついた。

『あのな、大和。つき合いが短くたって、オレは雪乃ちゃんのことを友達だと思ってるんだ。お別れメールひとつで〝さよなら〟なんて、そんなの嫌に決まってんだろ』

さも当然と言わんばかりに、洋孝が言い切る。実にこいつらしい言い分だ。

ただ、洋孝の主張はこれだけに留まらなかった。

『それに、夏希のこともあったからな。あいつ、今朝雪乃ちゃんの家の前で合流した時、今にも泣きそうな顔してたんだ。あの顔を見たらさ、オレには何もできんかもしれないけど、このまま夏希と雪乃ちゃんを別れさせちゃいけないって思ったんだよ』

その言葉に、俺は思わず胸が熱くなった。

雪乃を友達だと思ってくれているから。そこは、正直想像できていた。こいつなら、そう言ってくれるだろうと思っていた。それだけでも十分にうれしいことだ。

けど、こいつが動いてくれた理由は、それだけじゃなかった。こいつは、夏希と雪乃の間にある絆も守ろうとして動いてくれたんだ。

本当に、こいつはなんて愚直なバカで——なんて強くてかっこいいのだろう。

「洋孝……」

『おう』

「すまん。ありがとう」

『おう！』

俺が謝って礼を言うと、洋孝はいつもの調子に戻って、ノリよくそれらを受け取ってくれた。

やっぱりこいつは、バカみたいに明るいテンションの方が似合ってるな。

『……んでよ、お前が電話してきたのって、夏希のこと話したり、今朝のこと訊いたりするためだけじゃないだろ？　——お前、今から何を始めるつもりなんだ？』

と思ったら、なんかいきなりこっちの懐にズバッと切り込んできやがった。ノリとテンションで油断させておいて、この一撃か。夏希とは別ベクトルで、やっぱりこいつもすげぇな。

「お前さ、ときどきすごく鋭いというか、過程をすっ飛ばして核心を突くこと言うよな」

『恋する乙男《おとメン》の勘ってやつだ。当社比で野生の勘の三十倍くらい利くぞ』

「なんだ、それ。キモいな」

ふたり揃ってゲラゲラ笑い合う。それがおさまったところで、俺は穏やかな心持ちで洋孝に告げた。

「なあ、洋孝。俺さ……好きで好きでたまらない子がいるんだ」

『おう！　知ってた。バレバレだ』

「その子がさ、俺のために頑張ってくれていて……。だから俺も、その子と、ついでに自分を助けるために戦うことにした。お前にも迷惑かけたけど、きちんとけじめをつけてくる」

『そっか』

洋孝が、いつもと変わらないノリで相槌を打つ。

『事情はさっぱりわからんけど、お前の覚悟が本物ってことはわかった。――なら、その子に全力でお前のかっこいいところを見せて、一緒に帰ってこい！』

「ああ。そうするよ」

だから俺も、遊びの誘いを受けるような気安さで答えることができた。

「……あ、そうそう。今朝の話の続きだけどな、夏希、お前の好意にまったく気づいてなかった。やっぱりあいつ、鈍感女王だわ」

『うわ、マジでか！　さすがにそれは、ちょいショックだわ……』

「まあ、お前の方も頑張れや。落ち込むなよ」

『バッカ、落ち込まねぇよ。恋は障壁が大きいほど燃えるもんだろうが！　むしろオレは、そんな夏希もかわいいと思うね。惚れ直したぜ！』

ドMか、こいつは。好意をオールスルーされてたってのに、普通こんな反応できるかね。マジですごいわ。こいつは本当に、愛すべきバカだよ。

「お前、本当にポジティブだよな。すげぇよ」

『当たり前だろう。人生、前向いてなんぼだ。羨ましいか？』

「ああ、これ以上ないくらい羨ましい。マジで」

『じゃあ、今だけオレの前向きさをわけてやるよ。一世一代の大勝負に行くお前へのプレゼントだ』

「サンキュー」

洋孝が、電話の向こうでサムズアップしている姿が目に浮かぶ。太陽のように明るい笑顔を間近に感じられる。本当に洋孝のポジティブシンキングをわけてもらえたわけではないだろうが、今ならなんでもできるような気がしてきた。

「じゃあ、そろそろ切るわ。変な時間に電話して悪かったな」

『気にするな。それと——信じてるぜ、親友！』

「任せとけ。じゃあ、またな」

別れの言葉を告げて、電話を切る。

今さらだけど、昨日の件とか話したってバレたら、夏希に怒られるかもしれんな。けど、仕方ないか。怒られたら、土下座して謝ろう。

あ、でも、映画の件については話し忘れた。今からかけ直すのもアレなので、これは帰ってきてからの宿題か。まあ、夏希がすでに話しているかもしれないが、死ねない理由がもうひとつ増えたとしておこう。

うん。早速、洋孝からもらったポジティブ思考の効果が出た気がするな。

洋孝から勢いをもらった俺は、ボディーバッグを肩にかけ、部屋を出る。まだ時間はあるけど、洋孝と話していたらすぐにでも動き出したくなったのだ。

「『信じてる』か……」

玄関に鍵をかけながら、俺は洋孝にかけられた言葉をつぶやく。しかもあいつ、

〝親友〟ときやがった。直接言われると、ものすごく恥ずかしい。

でも、悪くないもんだな、そういう関係。信じてもらえているって、すごく伝わってくるから。なんか自然と口もとに笑みが浮かんできた。

「ありがとな、洋孝、夏希。行ってくる」

ずっと、自分ひとりだけでなんとかしなきゃいけないって思ってた。けど、そうじゃなかった。あいつらが、それを教えてくれた。ひとりで背負いきれなかった重荷を、あいつらは何も事情を訊かずにわかち合ってくれた。俺はひとりじゃないと、示してくれた。その上で、俺を信じて任せてくれた。

あいつらから教えられた今の俺なら、雪乃とちゃんと向き合える気がする。

かけがえのない友であるふたりに感謝の言葉をかけ、俺はすべてを終わらせるために家をあとにした。

――時計の針は巡り、やがて日付が変わる。七月二十八日、運命の日。俺たちのどちらかが死ぬまで、残り四時間三十二分。

2

夜空に輝く満月に、影が差し始める。満天の星が輝く中、月が端から赤黒く染まっていく様は神秘的であり、同時にどこか妖《あや》しくもある。

その貴重な天体ショーを、俺は天根市展望台から眺めていた。

展望台に、俺以外の人影はない。〝一度目〟の世界では、雪乃のことで頭がいっぱいだったから気がつかなかったけど、冷静に考えると異様とも言える。ここから少し下ったところにある天根市天文台で観測イベントをやっているとはいえ、展望台に上ってくる人間がひとりもいないものだろうか。

ここが田舎だから。時間帯が悪いから。みんな皆既月食に興味がないから。考えようと思えば理由はいくらでも考えられるが、なんとなくこの世界そのものに仕組まれたのではないかと思えてしまう。

この展望台は世界が俺たちのために用意したステージで、満天の星空と赤黒く染まった月は俺たちを照らすスポットライトだ。このくそったれなシナリオを書いた何者かが、俺たちのもがき苦しむ様を楽しむために用意した舞台。中二病っぽいことは自覚しているが、そう思えて仕方なかった。

そして、この舞台に上がるべき役者はもうひとり。俺は、そいつの登場をただひたすら待つ。

月食が始まり、およそ二十分。時刻は午前三時四十分を回ったところだ。夜の終わりが近づき、空の色が少しずつだが薄くなり始めている。

俺たちの運命を決める瞬間まで、残り一時間を切った。そのとき、木々が風にざめく音の中に、土を踏む足音が混じって聞こえた。

——やっぱり、ここだった。

すべてのケリをつけるため、必ずここに現れると思った。聞き慣れたリズムの足音に、かすかな笑みを浮かべながら背後を振り返る。

そこには——俺にとって最も大切な女の子が立っていた。

崖の下から吹き上げる風が、その長い髪をはためかせる。髪を押さえるその姿は、月夜のせいか、普段よりも少し大人びて見えた。いや、大人びて見えるのは、こいつがうちに秘めた覚悟のためかもしれない。

その理由はどうあれ、今重要なことはただひとつ。

俺は、もう一度この幼馴染みの前に立つことができた。間に合ったんだ！

「よう。遅かったな、雪乃。待ちくたびれたぞ」

驚きとあきらめを内包した表情の雪乃に、家の前で顔を合わせたような気楽さで声をかける。

けど、俺の心中は喜びと安堵でいっぱいだ。一日しか経っていないのに、ずいぶん久しぶりに顔を合わせたような気がする。元気な雪乃の姿を目にして、こんなにも絶望的な舞台の上だというのに、心底ほっとした。

「……あんた、こんなところで、何してんの？」

笑みを抑えられない俺とは対照的に、まなじりをつり上げた雪乃が冷たい声を発する。

先程までの驚きとあきらめはとっくに消えていた。今の雪乃から感じられるのは、真っ赤に燃え盛る怒りだ。

「おとなしくしていなさいって、言わなかった？　さようならって言ったの、聞こえなかった？　なんであんたがここにいるのよ！」

冷たく抑えられていた声に、熱と荒々しさが混ざっていく。本気で怒っているときの雪乃の声だ。

雪乃がここまで怒るのは、いつ以来だろう。小六のころに、雪乃をかばった俺が同級生に突き飛ばされたとき以来か。廊下に転がった俺を笑う同級生の顔を、キレた雪乃が猫みたいに引っかき回したんだ。

――そう。こいつが怒るのは、いつだって俺に対してか、もしくは俺を助けるためだった。普段は内弁慶で生意気だけど、俺のピンチには我が身も顧みずに立ち上がってくれる。こいつは、昔からそういうやつなんだ。

「雪乃……」

「うっさい、話しかけるな！　今すぐ、ここから消えて！　あんたの顔なんか、もう見たくない!!」

俺が名を呼ぶと、雪乃は強い言葉でこちらを傷つけるようなことを叫んだ。

正直、こいつから「話しかけるな！」とか「消えて！」って言われるのは、心にこたえるな。ショックがでかすぎて、凹《へこ》みそうになる。

でも、そんなうわべだけの言葉以上に、俺の心を締めつけるものがある。それを叫ぶ、雪乃の表情だ。容赦ない罵倒《ばとう》を続ける雪乃の両目からは、とめどなく涙が零れ落ちている。まるで、自分がけなされているかのように。

本当にお前、なんて顔して叫んでんだよ。涙と鼻水でぐしゃぐしゃにして、かわいい顔が台無しだ。俺を遠ざけようと悪口を言って、その悪口を言っていること自体にお前自身が傷ついていたら、元も子もないじゃないか。お前がそんな顔をしていたら、むしろ余計に帰るわけにはいかないっての。

しばらくすると、もはや叫ぶ気力も尽きたのだろう。雪乃の声はどんどん小さく、震えたものになっていった。出てくる言葉も「バカ……」とか「アホ……」とか、もはや子どもじみたものばかりになっている。

「もうわたしの前に出てこないでよ……。わたしがどんな気持ちでここまで来たか、わかってんの？　あんたがここにいたら、覚悟が崩れちゃうじゃない……」

うつむいて涙を流しながら、雪乃はか細い声で漏らす。叫ぶ言葉も尽き、気力も果て、ようやくこいつの本音が出てきた。

やっぱりこいつも、怖かったんだ。言葉でどう言い繕っても、やっぱり死にたくなんてないんだ。

当然だよな。だって雪乃は、何度も〝俺〟が死んでいくところを見て、一度は自分の死さえも経験したんだから。記憶に残るその恐怖は、実体験を伴っている分、俺が感じる恐怖の比ではないだろう。

きっと俺たちの前から消えている間に、自分へ言い聞かせるようにして覚悟を固めていたに違いない。自分がやるしかないと、自分ひとりでどうにかするしかないと、俺のために自分を追い詰めていたんだ。

頭いいくせに、本当にバカなやつだ。本当にバカで、だからこそたまらなく愛おしい。

そんな雪乃に向かって、俺は静かに歩み寄る。

「近づかないで！」

俺の接近に気づいた雪乃が、払いのけるように右手を振った。

振り上げられた右手は俺の頬をかすめ、当たった爪が肌を浅く切り裂く。頬に熱を感じ、次いでひりついた痛みが走る。雪乃は俺の頬から流れた血と、自身の爪を交互に見つめ、後悔に震え始めた。

その表情に、場違いだとは思いながらも胸があたたかくなる。こいつは、俺に傷を負わせたことを悔いてくれている。俺を傷つけたくないと思っていてくれる。こいつから受けた悪口でちょっとだけ傷ついていた心が、癒えていくのを感じた。

だから俺は、自身の行動の結果に傷つきおびえる雪乃を――。

「――ッ！」

優しく、けれどしっかりと抱きしめた。

瞬間、息を呑んだ雪乃の体が、緊張するようにビクリと跳ねて固まった。

腕の中にすっぽりとおさまった雪乃の体は、想像以上に小さく、か細い。こんなにも小さい体で、こいつは俺のために戦い続けてくれていた。こんなにもか細い体で、死の恐怖にひとり立ち向かい続けていたんだ。

「もういい。もう、無理すんな」

体を強張らせる雪乃の頭をなで、安心させるように語りかける。

「もうひとりで戦おうとしなくていい。ひとりで背負わなくていい。俺も背負う。俺も一緒に戦う。もうお前だけを、こんな理不尽の矢面に立たせたりしない」

言葉を重ねるごとに、雪乃の緊張が解けていく。そして、細い肩が小刻みに震えていく。

「俺の前では素直になっていい。怖いなら〝怖い！〟って言ってくれ。つらいなら〝つらい！〟って言ってくれ。まだ頼りないかもしれないけど、お前の覚悟も苦しみも、頑張って受け止めるから」

肩の震えが大きくなる。胸のあたりからむせび泣く声が聞こえ始め、雪乃の両手が俺のシャツをくしゃりと握りしめる。

「だからもう……我慢するな」

そう声をかけた瞬間、雪乃の感情が爆発した。今まで胸に溜め込んでいた恐怖、不安、あきらめ、他にもありとあらゆる感情を吐き出すように、雪乃はただ泣き叫ぶ。

「ずっと……ずっと、怖かった！」

「……ああ」

「大和が死んでいくのを見るのが怖かった！　自分の感情が死んでいくのが怖かった！　やり直しに疲れて、死にたいと思い始めた自分が怖かった！　崖の下に落ちていくのが怖かった！　これからもう一度死ぬのが——すごく怖かった‼」

「ああ……。ごめんな、気づいてやれなくて。お前ばかりにとんでもない荷物押しつけて、本当にごめん……」

崩れそうになる雪乃の体を支えるように、より強く抱きしめる。雪乃も、より一層強く俺にしがみつく。

いつの間にか、俺の目からも涙が零れ始めていた。雪乃からあふれ出た感情の波に、俺自身も当てられていく。

「本当は、夏希に大和を渡したくもなかった！　大和と夏希がふたりきりでいるところを考えたら、胸が苦しくなった！　だって大和は、昔からわたしのだもん！　わたしの方が、夏希よりもずっとずっと大和のことが大好きだもん!!」

「ああ！　俺もお前が大好きだ。もう絶対に手を離したりしない！」

「死にたくなんかない！　まだ生きていたい！　大和と一緒に、また学校に行きたい。料理できるようになって、大和に食べてもらいたい。大和といろんなとこに遊びに行きたい。もっと話したい。もっと触れ合っていたい。もっと笑い合いたい。大和と一緒に、もっとずっと生きていたいよ……」

「ああ。俺も同じだ。しわくちゃのじいさんばあさんになるまで、お前と一緒に笑っていたいよ」

「………。本当……？」

溜まっていた激情をすべて吐き出した雪乃が、それでもまだ不安げに俺の顔を見上げた。

泣き腫らした目は赤く、目の端にはまだ涙のしずくが見える。頬には涙の筋がいくつも伝っており、ちょっぴり鼻水も出ている。俺の胸に押しつけていたから、前髪だってくしゃくしゃ。ひどい顔だ。

それでも、やっぱり雪乃はかわいかった。俺にとって世界で一番大切で、一番愛おしい女の子だ。

だから俺は、雪乃の問いかけに言葉ではなく行動で答えることにした。

「――んっ!?」

すぐ近くから、驚く雪乃の詰まった声が聞こえた。まあ、声が詰まっているのは、俺が雪乃のくちびるをふさいでいるからだろうけど。

作法とかよく知らないから、とりあえず目だけはつぶっておくことにした。だから、至近距離にいる雪乃がどんな顔をしているのか、俺にはわからない。わからないけど、少なくとも拒まれてはいないようだ。またしても固まった雪乃の体から、すぐに余計な力が抜けていく。

触れたくちびるは、少し冷たくてやわらかい。ファーストキスはレモンの味という言葉を聞いたことがあるが、俺のファーストキスは涙の味がした。

「……これで、答えになったか？」

余韻を残しながらくちびるを離し、雪乃に満面の笑みで尋ねる。

雪乃は夜明け前でもはっきりわかるくらい頬を真っ赤に染め、「うん……」と小さくうなずいた。

雪乃が泣き止んだところで、腕の中から解放する。雪乃の体温が離れていくのが少し名残惜しいが、さすがに抱きしめたまま話をするわけにもいかない。

俺から体を離した雪乃は、カバンから取り出したハンカチで涙を拭き、ポケットティッシュで鼻をかんだ。色気も何もないな。さすが雪乃。「使う？」と雪乃にポケットティッシュを差し出されたので、お言葉に甘えて一枚もらい、俺も目もとの涙と頬の傷の血を拭った。

泣き叫んで本音を吐露し、感情がフラットになったらしい雪乃は、冷静さを取り戻して俺に問いかけてきた。

「それで、これからどうするの？　このままだと、わたしかあんたのどちらかが死ぬ。それで、あんたが死んだ場合はわたしもおまけで死ぬ」

「あ、そこは変わらないのね」

俺が呆れ混じりに指摘すると、雪乃は「当然」とこともなげに言い放った。無駄に覚悟を決めた面持ちだ。死ぬのが怖いって泣いていたくせにそこは譲れないとか、ありえないだろう。

もっとも、こいつならそう言うだろうなってことは、わかっていた。

なので、今回は俺の方からも言ってやることにする。

「じゃあ俺も言うけど、お前が死んだ場合――俺もおまけで死ぬからな」

俺のとっておきの反論に、今度は雪乃がポカンとした。

「は？　わたしが死んだらあんたも死ぬって……。あんた、何バカなこと言ってんの？」

「バカはお互い様だ。俺だって、お前なしじゃ生きていけん。当然だろうが」

開いた口がふさがらない雪乃に、俺は堂々と言い切ってやった。気持ちいい。

「つまりさ、現状はとてつもなくシンプルってわけだ。最初から俺たちに残された道は、ふたりで死ぬか、ふたりで生き残るかのふたつしかない」

お気楽な口調で、余計ハードになった現実を雪乃に突きつける。

そう。もともと俺たちには、片方が生き残るなんて道はない。それを今すぐ選択できるほど、俺たちの互いに対する依存は解消されていないから。相手を犠牲にして生き残る恐怖に耐えられるほど、俺たちは大人じゃないんだ。

バカだと言いたければ、勝手に言えばいい。笑いたければ、笑えばいい。実際、後追い自殺なんてアホらしいってことは、俺もわかっているからな。

それでも、今はこうやって考えることが正しいと思っている。

〝ひとりは生き残れる〟なんて希望に見せかけたバッドエンドをスッパリ捨て去れば、もはや選択の余地はない。すべてかゼロか、ふたつに道が限定されるからこそ、あらためてふたりで生き残る道を考えることができる。

「夏希とさ、この間の四人で映画観に行く約束をしちゃったんだ。それも、俺の奢りで。あと、洋孝にこの約束を伝える仕事も残っている。──何より、俺はさっきも言った通り、しわくちゃになるまでお前と生きていきたい。だから、やり直しがきかない一発勝負だけど、俺の賭けに乗ってくれないか？」

雪乃に向かって、右手を差し出す。

差し出された右手と俺の顔を交互に見た雪乃は、呆れた様子でため息をついた。

「せっかくあんたを生き残らせようって死ぬ覚悟まで決めたのに、これじゃあわたしがバカみたいじゃない」

「悪いな。余計な気苦労をかけちまって」

「勝手なことを散々やったのはわたしも同じだから、それはお互い様。でも、気にしてない、とは言わないから。わたしの勝手の分はわたしが責任取るけど、あんたがわたしの覚悟をダメにした分はあんたに責任取らせる」

「というと？」

手を差し出したまま、首をかしげる。

訊かれた雪乃は少し恥ずかしそうに俺の手を取り、心を落ち着かせるように深呼吸してからこう言った。

「わたしが迷惑をかけた分、わたしはあんたのことを信じる。あんたが言う〝賭け〟にもつき合う。だから、無事にふたりで生き残れたら……あんた、わたしに料理を教えなさい。それで、おいしく作れるようになるまで、あんたが試食するの」

雪乃が突きつけてきた〝責任の取らせ方〟は、なんともかわいらしいものだった。

これじゃあ、むしろ俺のやる気をアップさせるご褒美だ。

「そんなことでよければ、いくらでも。料理でもなんでも、お前の気が済むまで教えてやる。お前の料理なら、うまくなるまでって言わず、一生食い続けてやる。だから、絶対にふたりで生き残るぞ！」

「うん！」

俺が即答すると、雪乃は満足げにうなずいた。

そして、これでようやくスタートラインに立った。ここからが本当の本番だ。

展望台の時計は、午前四時を回っている。勝負のときまで残り約三十分。そろそろ時間も迫ってきている。

俺はあらためて表情を引きしめ、同じく真剣な面持ちになった雪乃と向き合う。

「それで、あんたはいったい何をやろうとしているの？」

「ああ。それなんだが、先にひとつ確認させてくれ。お前、〝俺〟が死ぬ度にタイムリープしてたって言うけど、具体的にどんなタイミングでタイムリープしていた？」

「どんなタイミングも何も、最初の一回以外はあんたが死んだ直後だけど。それがどうかしたの？」

俺の質問の意図が読み切れないのか、雪乃が頭にクエスチョンマークを浮かべた。

けれど、雪乃の疑問には答えないまま、俺はさらに切り込んだ質問をぶつける。

「じゃあ重ねて訊くけど、お前、〝俺〟の死体に一度でも触れたことがあるか？」

「わたしにとって〝二度目〟の世界で、あんたが心臓発作を起こしたときに一回だけ。心臓が止まったことを確認した瞬間、怖くてタイムリープしちゃったけど」

「そうか……」

ふたつの質問の答えを聞き、確信した。雪乃は俺が気づいた方法を試していない。考えてみれば、当然かもしれないな。雪乃にとっての〝一度目〟の世界で、〝俺〟は崖から転落死したそうだから。

俺も雪乃が転落死した姿を見たから、わかる。あれは……確実に助からない。

雪乃はそんな死に方を最初に見た上で、こいつにとって〝二度目〟の世界の〝俺〟が心臓発作を起こした瞬間に立ち会ったんだ。〝俺〟の心臓が止まってすぐにタイムリープしてしまったのだとしても、それは仕方ないことだろう。

だけど、この二度に渡る〝俺の死〟に立ち会った経験が、結果として雪乃の中にひとつの固定観念を植えつけてしまった。午前四時三十二分になって何かが起こった瞬間、〝俺の死〟が確定する。雪乃は、自分も知らないうちにそうやって定義してしまったんだ。

だからその後の世界でも、俺にも思いつけるくらい単純な可能性を見落とした。

でも、ここまで来れば……。

「あんた、まさか……」

予想通り、俺の思考を読むのに長けた雪乃が、ハッとした様子で俺を見る。確認するまでもない。どうやら雪乃も、その可能性に気づいたようだ。

だから俺も肯定を示すようにうなずいた。

「メインは俺が引き受ける。お前は、サポートに回ってくれ」

「――ッ！　あんた、本当にバカじゃないの？　そんなの、試せるわけないじゃない！」

俺が役割を告げると、雪乃は猛然と食ってかかってきた。これを見る限り、やっぱりきちんと理解できているらしい。話が早くて、本当に助かる。

「わたしに見落としがあったことはわかった。勝手に決めつけていたことも認める。確かにわたしはそれを試さなかったし、ふたりで生き残れる可能性はあるかもしれない。……けど、わたしは嫌よ！」

「だけど、他の可能性はこれまでにお前がつぶし尽くしている。だからお前は、負けを認めたんだろう。だったら、もう託せる可能性はこれしかない」

「なら、役割を変えて！　あんたがサポートに回って！」

「無理だ。お前なら、言われなくてもわかってんだろう？」

俺の指摘に、雪乃が押し黙る。

何もしなければ勝手に死んでいく俺と違い、雪乃が俺の代わりとして死ぬには、今のところここから飛び降りるしかない。もしかしたら別の方法もあるかもしれないけど、実証できていない。加えて、タイムリープの要である古書がなくなった今、実証している余裕もない。

雪乃がここに来たのも、俺がここで待ち伏せできたのも、すべてはこの事実があったからだ。

そして同時に、この事実が俺たちの役割を決める一打になった。それがわかっているから、雪乃は反論することができない。

歯がゆそうな顔をする雪乃に、俺はさらに言葉を投げかける。

「お前、さっき言っていただろう。俺を信じるって。俺も同じだ。お前なら絶対できるって信じてる」

「でも、わたし……」

「方法はきちんと調べてきた。必要なものも揃ってる。少しだけど、時間もまだある。お前なら、全部頭に叩き込めるはずだ」

展望台の休憩スペースの方を指差しながら、雪乃にほほ笑みかけた。

それでもまだ、雪乃は不安そうだ。「でも……」と、何かを言いたげにしている。

その潤んだ瞳を見ていると、酷《こく》な頼みをしていることに罪悪感を覚えそうになった。

けど、立ち止まっているヒマはない。どれだけきつい道でも進むしかないんだ。

だから俺は、あえてこの言葉を口にする。

「なあ、雪乃。俺たちさ、いい加減互いに依存する生き方はやめようぜ」

「どういう意味……？」

俺の唐突な宣告に、雪乃が捨てられた子犬のような目をする。ずっと握られている手に、少し力がこめられた。どうやら結論ありきな物言いのせいで、少し勘違いさせてしまったようだな。

内心で苦笑しながら、俺はさらに続ける。

「お前は、もう俺に守られてたころのお前じゃない。お前は自分の殻を破って、あの家の外に出た。自分を変えるため、ひとりで歩き出したんだ。違うか？」

「それは……そうでありたいと思うけど……」

「もちろん、お前ひとりに変われとは言わないぞ。俺も変わる。お前の忠犬なんて言われる生き方を返上する。お前に尽くすことで安心してきた生き方を変える」

だからさ、と俺は空いている左手を雪乃の頭に乗せた。

「だからこれからは、お互いに依存し合うんじゃなくて、お互いに助け合う生き方をしていかないか？」

俺の声が、展望台に響いて吸い込まれていく。同時に、雪乃の不安に彩られていた目が見開かれた。

そうだ。俺たちは変わらないといけない。

もたれ合い、寄りかかり合うんじゃなくて、自分の足で立って並び歩く。ときには転びそうになって、支えてもらうこともあるだろう。ときには疲れて休憩することもあるだろう。それでも最後は手を取り合って、前に向かってふたりで歩いていく。

俺は雪乃と、そういう関係になりたい。だってそれこそが、本当のパートナーだと思うから。ちょっとハードルが高いけど、そうなっていくための第一歩が、今ここにある。

俺たちひとりずつではできなかったこと。ひとりずつ挑んだのではつかめなかった未来。でも、ふたりで力を合わせれば、きっと望む未来にたどり着ける！

「俺が、お前を死の運命から助ける。だからお前も、俺の死の運命を覆してくれ。たぶん、それができるのはこの世界でただひとり――お前だけだ」

「大和……」

呆然とした様子で、雪乃がつぶやく。

けれど、その瞳にさっきまでの不安はない。やがて我に返った雪乃は、力強さをたたえた笑みで俺に向かってうなずいた。

「わかった。サポート役、引き受ける。それとあんた、自分からやるって言ったんだから、根性見せなさいよ！」

「おう。任せとけ！」

「もし途中でフラッと三途《さんず》の川渡ったりしたら、そっちへあんたの手を取りに行くからね。地獄の果てまでだって追いかけるから、覚悟しなさい」

「………。ご足労をおかけしないように気をつけます……」

……やばい、目がマジだ。本気で追ってくるな、こいつ。俺も、ガチで気合入れるとしよう。

俺があらためて覚悟を固めていると、雪乃も「よし！」と気勢を上げた。

「方法、調べてきたんでしょ。早く見せて。すぐに覚えるから」

ボディーバッグからプリントアウトしてきた紙束を引っ張り出して渡すと、雪乃は猛然とその内容を頭に叩き込み始めた。

雪乃の目が、右へ左へ行ったり来たりしている。用意してきた紙束が、次々とめくられていく。そして、あっという間に最後の一枚へとたどり着いてしまう。

「うん、覚えた」

「早いな。まだ五分しか経ってないぞ」

「これくらいなら、すぐ覚えられる。それより、今のうちにさっさと休憩スペースのところへ行っておかないと」

ふたりで慌ただしく移動し、展望台の休憩スペースの中に陣取った。

覚えたと言いつつも、雪乃は紙束を手に、今も脳内でシミュレーションを繰り返している。失敗は許されないという気迫が、その表情からは伝わってきた。

その隣で、俺は休憩スペースの屋根の下から月を見つめる。いつの間にか、月は皆既食を迎えていた。赤黒い影に覆われた月が、俺たちを見下ろしている。

自分の死が迫っているのに、不思議と恐怖はない。きっと、隣に雪乃がいてくれるからだろう。

今の雪乃なら、きっと大丈夫。これが分の悪い賭けであることはわかっているけれど、根拠なくそう確信できるんだ。

「――ッ！」

そのとき、突然、胸に強烈な痛みが走った。

心臓が暴れるようにドクンドクンと波打っている。いろいろあったせいか最近は起こらなくなっていた例の発作が、とてもかわいく思えてしまうくらいの苦しさだ。あまりのつらさに表情が歪み、脂汗があふれ出る。

どうやら、運命の瞬間が来たらしい。

「大和！」

紙束から目を上げた雪乃が、悲痛な叫びを上げる。予想していたこととはいえ、動揺しているな。仕方ない。

俺は歯を喰いしばって痛みに耐え、薄れていく意識の中で雪乃の手を握った。小さくてやわらかくて、あたたかい手だ。痛みが和らぐことはないが、心だけは安らぐ。

すると、雪乃の手がしっかりと俺の手を握り返してきた。

「大和、安心して。きっと……大丈夫だから！」

動揺を抑え込み、俺を勇気づけるように雪乃が言う。

心強いよ。嘘偽りなく、本当に。お前が言うことなら、心の底から信じられる。

「ああ……。まか……せ……た……」

だから俺は、何ひとつ心配することなく、安らかに意識を手放した。

3

気がつくと、俺は真っ白な場所に立っていた。

壁も天井も、床さえもわからない。足の裏に確かな踏み応えがあるから床はあるんだと思うけど、すべてが見渡す限り真っ白。そんな不思議な場所だった。あまりに白すぎて、目がチカチカしてくる。

「なんだ、ここ……」

あたりを見回しながら、思わず声を漏らしてしまう。その声も、白の空間に吸い込まれて消えた。声が反響してこないので、やっぱり壁はないのかもしれない。

あまりに何もなさすぎて、しばらく呆然としてしまう。それも一段落してくると、今度は自分の現在の状況に頭がいった。

俺は心臓発作を起こして倒れ、気がついたらここにいた。ここが現実の世界ということはありえないだろう。こんなバカみたいな空間、あってたまるか。

ということは、俺は死んでしまったのか？　それともここは、まだ生死の境目とも呼べる場所なのか？

死後の世界を信じていない俺が言うのもなんだけど、目の前に川でもあってくれたらわかりやすいんだが……。これでは、自分が生きているのか死んでいるのか、はたまた死にかけて崖っぷちなのかの判断さえつかない。

雪乃と約束した通り、俺は生き残る努力をするべきなんだろうけど、この状況で何をどう努力すればいいんだ？

途方に暮れて「うーん……」とうなりながら、首を捻る。

すると、そのときだ。

「──大和」

不意に背後から、俺の名前を呼ぶ声が聞こえてきた。

そして、その声を頭が処理すると同時に、俺は目を見開いて固まってしまった。

こんな場所で、いきなり名前を呼ばれて驚いた。それも固まった理由のひとつだ。

けど、固まった一番の理由はそこじゃない。一番の理由は、その声に聞き覚えがあったから。そして、もう二度と聞けるはずがないと思っていた声だったから……。

硬直から脱した俺は、一瞬の時間さえももどかしく感じながら振り返る。

そこには予想通り、懐かしいふたつの顔があった。

「おじさん、おばさん……」

そう。そこにいたのは、雪乃の両親だ。二年ぶりに見る穏やかなふたりの顔に、心の奥から様々な感情が湧き上がってくる。それは涙という形となって、俺の目からあふれ出した。

「久しぶりだね、大和」

「だいぶ背が伸びたんじゃない？　それに顔つきもたくましくなって、お父さんに似てきたわね。でも、目もとは相変わらずお母さん似かしら」

真上夫妻が、温和にほほ笑む。俺がよく知っている、おじさんとおばさんそのものだ。

できればこの光景を雪乃に見せてやりたいと思う。ここに雪乃がいたら、どれだけふたりとの再会を喜んだことか。

ただ——一方で、ふとひとつの考えが頭をよぎった。

「あれ？　でも、ふたりがいるってことは、やっぱりここは死後の世界？　俺、もしかして踏み止まるどころか一気に突き抜けちまった⁉」

思わず考えていることを口走りながら、頭を抱える。

やばい！　何がやばいって、このままだと本当に雪乃が両親と対面する事態になってしまう。死後の世界まで突き抜けたなら、今すぐにでもあっちに戻らないと！

「どうしたんだい、大和。急に顔を青くしたりして」

「ああ、おじさん。すみません。本当は再会を喜びたいところなんだけど、今それどころじゃなくて。このままだと、とんでもなくまずい事態に……」

「大丈夫よ。心配することはないわ。──だって今、あの子が必死に頑張っているから」

「え……？」

上の方を見つめるおばさんに、疑問の声を投げかける。

あの子って、雪乃のことだよな？　雪乃が今も必死に頑張っている？　つまり俺たちの計画は、まだ失敗していないってことか？

「それとね、時間がないのはむしろ私たちの方なんだ。あの古書が燃え落ち、私たちをこちら側につなぎとめる鎖はなくなった。本当なら、すぐにでもあちら側に戻らなきゃいけないのを、私たちはこうして無理に留まっているのだよ」

困惑する俺に、おじさんは聞き取りやすい口調で話しかけてくる。

その中に出てきた聞き捨てならないフレーズが、俺の意識を強制的におじさんの方へ向けさせた。

「古書って……俺たちが使った、あの〝古書〟のこと？」

「ああ。それのことだ」

おじさんは、俺の問いかけにはっきりとうなずく。

古書と雪乃の両親。そのふたつが結びついたことで、俺はタイムリープに関して自分の推測が間違っていたことに気がついた。

なんだ、そうか。そうだったのか。この人たちはずっと……。

「……俺たちのタイムリープは、おじさんたちがさせてくれていたんですね」

「娘からの、一生に一度のお願いだったんだ。ここで奇跡のひとつでも起こしてやらなきゃ、親として雪乃に申し訳が立たんよ」

おじさんは、肩をすくめながら困ったように笑った。

古書が俺たちに応えて、奇跡を起こしていたんじゃない。古書を通じて俺たちに応えていたのは——奇跡を起こしていたのは、この人たちだった。この人たちはずっと、この地獄のようなループの中で雪乃に寄り添い続けていたんだ。

「でも、どうやってタイムリープなんか……？」

「それは企業秘密……などと言えたらかっこいいのだがね。実のところ、詳しいことはわたしたちにもわからない。あの古書を通じて雪乃の願いが私たちに届き、私たちの思いをあの古書がタイムリープとして具現化した。わかるのは、それだけ。真相は、あの古書と一緒に燃え落ちてしまった」

俺の疑問に、おじさんは学者の顔で答える。

あの古書は、いったいなんだったのか。気にならないと言ったら嘘になるが、おじさんたちにもわからないのなら仕方ない。

死んでなお、この人たちは雪乃を守りたいと思った。そして、その思いが奇跡を起こした。今はそれがわかっただけで十分だ。

「ただ、雪乃が何度も失敗して傷つく様を見ているのは、本当につらかった……。最後にあの子の心が折れてしまったときは、時間を戻すしかできない自分たちの身を呪ったよ」

「……だから、雪乃を救うために、俺にもタイムリープの力を与えたんですか？」

俺の問いかけに、おじさんは「そうだ」とうなずく。

「でも、なんで俺のときだけ雪乃よりも長い時間を巻き戻したんです？」

「理由は、三つある。ひとつ目は、それだけの時間があれば、君ならすべてをなんとかしてくれるかもしれないと思ったから。ふたつ目は、これが最後と私たちに残されていた力をすべて注ぐことにしたから。――そして最後のひとつは……君でもどうにもならなかったとき、せめて雪乃に〝悔いを残さないようにするための時間〟を与えてあげたかったからだ」

それは、おじさんたちの偽りない本心だった。

体を持たないおじさんたちは、雪乃の折れた心を癒してやることができない。だから、俺に最後の力で希望を託した。けれど同時に最悪の事態も想定して、その最悪が少しでも雪乃にとって優しいものとなるように動いていたのだろう。

「けれど、最後のひとつは杞憂《きゆう》だったようだ。ありがとう、大和」

おじさんは、そう言って朗らかに笑った。

　こうやって感謝されると、なんだかこそばゆい。それに、実際のところはまだ計画が成功したわけじゃないから、素直に感謝を受け入れづらいという気持ちもある。

　そうやって俺が反応に困っていると、おじさんとおばさんの足先が光の粒子となって消え始めた。

「おじさん、おばさん！」

「どうやら時間切れのようだね。ついては大和、最後にひとつだけ、お願いを言わせてほしい。――勝手で申し訳ないが、雪乃のことをよろしく頼む」

「おじさん……」

「知っての通り、雪乃は気難しい子だ。君に迷惑をかけることや、怒らせることもあるだろう。それでも君が迷惑でなければ、あの子のよき理解者でいてあげてほしい。あの子のことを、そばで支えてやってほしい」

　頼む、とおじさんは俺に向かって深々と頭を下げた。その隣では、おばさんも「大和、私からもお願い」と言いながら、おじさんに倣《なら》ってお辞儀《じぎ》をしている。

　その態度が物語っている。ふたりとも、俺を子ども扱いすることなく、ひとりの対等な人間として頼んでいるんだ。

　尊敬する人たちから対等に扱ってもらえたことが、すごくうれしい。ふたりにとって何よりも大切な宝物を預けてもらえたことが、たまらなく誇らしい。

「おじさんもおばさんも、顔を上げてください。そんなこと、頼まれるまでもないですよ」

だから俺は、ふたりの目をまっすぐに見つめ、はっきりと宣言する。

「だって俺は、あいつのことが大好きだから！　俺はずっとあいつのそばにいます。絶対に！」

ああ、そうさ。俺から離れることなんか、決してありえない。雪乃と生きることが、俺にとって何よりの望みだから。

「それに今の雪乃は、俺に守られていたころの雪乃じゃありません。あいつはあいつで、強く成長した。だからきっと、俺たちはこれから支え合って生きていけると思います」

今も頑張ってくれている雪乃を思い、力強く告げる。

俺の宣言を受けた真上夫妻は、最初驚いたように目を丸くし、次いで親の顔になってゆっくりとうなずいた。

「そうか……。どうやら私たちの方こそ、いまだに子離れができていなかったようだ」

「ええ、本当に。過保護なのは、私たちの悪い癖ね」

真上夫妻が、互いの顔を見ておかしそうに笑い合う。

ふたりとも、ひとり残してしまった雪乃のことが、心配でたまらなかったに違いない。俺の言葉で少しでも安心してもらえたのなら、何よりだ。

「ならば、もう心配はすまい。――さあ、君の方も時間が来たようだ。大和、君は君の帰るべき場所へ帰りなさい」

おじさんが穏やかにほほ笑むと同時に、白の世界のヒビが入った。俺たちの頭上にできたヒビは、またたく間にその範囲を広げ、ついに限界を迎えて弾けた。

「――大和！」

弾けた先から差し込む、白い世界よりまばゆい光の柱。その中から、雪乃の声が聞こえてきた。

あいつが、俺を呼んでいる。きっとあの先に、雪乃がいる。俺が帰るべき世界がある。

「さあ、行きなさい。元気でな、大和」

「はい！　こんな形ではあったけど、おじさんとおばさんに会えてよかったです」

「私たちもよ。おかげで心残りがなくなったわ。ありがとう、大和。元気でね」

俺にほほ笑みかけたおじさんとおばさんが、全身光の粒子となって消えていく。

きっとふたりも、自分たちがいるべき場所へ帰るのだろう。ふたりとの別れに胸がチクリと痛む。それでも、俺はふたりを安心させるように、力一杯笑った。

「……さて、それじゃあ俺も、帰るとするか」

ふたりが消えるのを最後まで見届け、あらためて光の柱に目を向ける。光の柱は、少しずつだがその範囲を狭めつつあった。これがなくなったら、俺はおじさんたちと同じ場所に行くことになってしまうのだろう。

だったら、こんなところに長居は無用だ。俺は、勢いよく地面を蹴って、光の柱に飛び込んだ。

瞬間、体が猛烈な勢いで浮かび上がっていく。

「大和！　帰ってきて！」

「ああ、今帰るよ。お前の隣に。だから、もう少しだけ待っててくれ！」

再び聞こえてきた雪乃の声に、うなずき答える。

昇っていく体の先に、キラキラと輝き、水面のようにたゆたう境界面が見えてくる。

俺は手を思い切り伸ばし、光をつかむように境界面を突き破った——。

4

ゆっくりと引き上げられるように、意識がまどろみから覚めていく。

「う……ん……」

うめき声を上げながらまぶたを開くと、白い天井が見えた。

一瞬、俺はまだあの白い世界にいるのかと思ったが、違うらしい。部屋に染みついた消毒液のにおい、ベッドを囲う白いカーテン……どうやらここは、病院の一室のようだ。俺は、病院のベッドに寝かせられていた。

少しけだるい体を起こそうとする。すると、胸の横あたりに重みがあるのに気づいた。視線を動かしてみれば、雪乃がベッドに突っ伏して眠っている。余程疲れているのか、ぐっすりという感じだ。安らかなその寝顔に、心が和んだ。

雪乃を起こさないよう体を少しずつずらしながら、上半身を起こす。俺が寝かせられていたのは窓際のベッドのようで、窓側だけはカーテンがかかっていない。何気なく窓の外へ目を向けてみると、よく晴れた青空が見渡せた。久しぶりに、白以外の色を見た気がする。

するとそのとき、ベッドの周りにかけられていたカーテンが唐突に開かれた。

「ん？　――よう、ふたりとも。元気か？」

カーテンの向こうから姿を見せたふたり――夏希と洋孝に、軽く手を上げながら声をかける。

そんな俺をまじまじと見つめ、夏希と洋孝は幽霊とでも遭遇したかのように目を見開いた。

と思ったら、夏希が血相を変えて、ベッド脇へ歩み寄ってきた。

「『元気か？』じゃないわよ、バカ大和！　あなた、もう大丈夫なの？　めまいとかしてない？　ああもう、本当に心配したんだからね！」

「お、落ち着け、夏希。俺は大丈夫だから。雪乃も寝てるから、静かにな」

気が動転しているのか、涙目であれこれ矢継ぎ早に言ってくる夏希をなだめつつ、雪乃の様子をうかがう。近くでこれだけ騒いだにもかかわらず、雪乃はまだぐっすりだ。ホッと胸をなでおろす。

夏希もスヤスヤ眠っている雪乃を見て、あわてて口を閉じた。

「雪乃ちゃん、昨日から丸一日以上ずっと寝てなかったみたいだからな。かなり疲れが溜まっていると思うし、しばらくは起きないだろうよ」

夏希の後ろから、買い物袋を携えた洋孝が飄々《ひょうひょう》と言った。こいつは俺が起きていたことにあまり動じていないようだ。

夏希はまだ言い足りなさそうにしているので、俺は洋孝に向かって尋ねる。

「昨日から？　俺、丸一日以上眠っていたのか？」

「ああ。昨日の朝、お前が心臓発作で倒れたって聞いたときは、本当に焦ったぜ。お前、あとで雪乃ちゃんにお礼言っとけよ。雪乃ちゃんのおかげで大事に至らなかったって、医者が言ってたぞ」

洋孝が、眠っている雪乃を指差す。

もちろん言われるまでもなく、雪乃には感謝の言葉しかない。

洋孝の言葉が事実なら、今日は七月二十九日ということになる。つまり、俺と雪乃は最後の賭けに勝ったということだ。

俺が考えた、ふたりで生き残るための策。それは〝俺が一度死んで、それから雪乃に生き返らせてもらう〟というものだった。

俺か雪乃のどちらかが死ぬ。雪乃が心をすり減らしてつかんだその結論は、誰にも覆すことのできない真理というやつだったのだろう。

だから俺は、そこを変えることはあきらめた。俺と雪乃によって観測されてしまっているのだから、そこはもうどうしようもない。

けど、死んだあとならどうか。そこについては、俺も雪乃も観測ができていない不確定の未来だ。

だからこそ、俺たちはそこに賭けた。

展望台で崖に近づかずに午前四時三十二分を迎えれば、俺の身に起こるのは心臓発作だ。それは、雪乃の試行によって確定している。

ならば、取るべき手段はひとつ。心臓が止まったところを見計らって、展望台の休憩スペースに設置されたＡＥＤで心肺蘇生してもらえばいい。展望台で雪乃に確認してもらった紙束も、心肺蘇生法の手順を印刷したものだ。

心臓が止まっただけでは、死は確定しない。それでも臨死体験で生死の境は一応越えたのだから、この世界が組み上げたクソみたいなシナリオは満たされるはず。

俺たちは、そんな都合のいい屁理屈みたいな可能性に賭け――どうにか勝利をもぎ取ったんだ。提案した自分が言うのもなんだけど、ほんと、よくもまあ勝てたもんだな。

ちなみに、雪乃にメインの役割を任せられなかったのは、単に死に方の問題だ。雪乃の転落死という死に方は、俺が蘇生のための措置を行えるものではない。他の死に方ができたとしても、外傷を伴うなら同様の理由で当然ＮＧ。だから、この役は雪乃がなんと言おうと、俺がやるしかなかったというわけだ。

洋孝が言うには、俺は展望台で倒れたあと、雪乃が呼んだ救急車でこの病院まで運ばれたらしい。もっとも、雪乃が的確な救命処置をしていたおかげで、峠はあっさり越えたそうだが……。洋孝たちが病院に来たころには、起きるのを待つだけの状態だったようだ。さすがというか、なんというか、やっぱり雪乃はすげぇや。

「オレたちは昨日の夜に一度帰ったけど、雪乃ちゃんは『目を覚ますまでそばにいる』って聞かなくてさ。さっき看護師さんから聞いたんだけど、本当に一晩中、ずっとお前が起きるのを待ってたらしいぜ」

「一晩中……。無茶するな、こいつも」

「本当にな。まあでも、さすがに限界が来ちゃったんだろうな。三十分くらい前に、この通り眠っちまった。──で、オレたちは雪乃ちゃんが起きたときに何か食べさせようと思って、買い出しに行ってたってわけだ」

お前も起きるならもうちょっと早く起きろよ、と洋孝がからかうように笑う。

それを聞きながら、俺は眠り続ける雪乃の頭をなでた。

こいつ、俺が助かってからも、ずっと待っていてくれたんだな。自分だって疲れていただろうに、こうしてつきっきりで看病していてくれたんだ。

「……悪いな、一日も待たせちまって。本当に、ありがとう」

生き返らせてくれたこと。待ち続けてくれたこと。いろんなことへの感謝の気持ちをこめながら頭をなでていると、雪乃の寝顔はより安らいだものになった。

「とまあ、雪乃ちゃんについてはそんな感じだな。で、次はオレたちの方だ。──大

「お前、ちゃんと雪乃ちゃん連れて、ふたりで帰ってきたんだな。約束守ってくれて、すげぇうれしいぞ！」

「バーカ。当たり前だ。『任せとけ』って言っただろう」

「おう！　そうだったな！」

詳しい事情をあえて聞かず、洋孝はただニッと笑って拳を差し出してくる。

そんな気のいい〝親友〟の拳《こぶし》に、俺は自分の拳をぶつけた。

すると、やれやれと息をついた夏希が、俺たちの拳の上に手を重ねた。お疲れ様とでもいうように、そっと優しく――。

雪乃だけじゃない。俺がこうして生死の境から帰ってこられたのは、こいつらも待っていてくれたから。

お前らにも、マジで感謝してるよ。ありがとな、洋孝、夏希。

そのあと、すぐに医者とフィールドワーク先から飛んで帰ってきた両親がやってきて、俺は診察やら何やらを受けた。

診察の結果はいたって良好。心臓発作の後遺症もなく、今すぐ退院しても問題ないくらいの健康体だそうだ。ただ、念のため様子を見るからって、あと二日間の入院と検査を言い渡された。

俺が診察を受けている間、雪乃は誰も使っていない隣のベッドに寝かせてもらった。診察が終わると医者と看護師はすぐに退室し、両親と夏希、洋孝も「また明日来る」と言って、帰っていった。

空いていた病室の関係か、ここはふたり部屋のため、今この病室にいるのは俺と雪乃だけだ。夕日で橙色《だいだい》に染まる病室で、俺は雪乃の寝顔を見つめる。まだあどけなさが残るかわいらしい寝顔だ。

すると、雪乃のまぶたがかすかに揺れた。ほどなくして、その目が開かれていく。どうやら目を覚ましたようだ。

「おはよう、雪乃」

ぼんやりと天井を見つめる雪乃に、優しく声をかける。声に反応した雪乃は、まだ焦点の合わない瞳で俺の方を見た。

「やま……と……？」

「ああ、そうだ」

名前を呼ばれ、俺はここにいると示すようにうなずく。

俺の声を聞いて意識が覚醒してきたのか、雪乃の瞳の焦点がだんだんと合ってきた。

それに伴い、ぽやんとしていた表情が驚き、喜び、憤りなどを含んだ複雑なものに変わっていく。

気づいたときには、勢いよく体を起こした雪乃が、俺の首に手を回して抱きついていた。

「バカ大和！　丸一日以上眠り続けて何やってたのよ！　あんた、全然起きてくれないし、もう目を開けないんじゃないかって、ずっと怖かったんだから……」

耳もとから、罵倒とすすり泣く声が聞こえてくる。

最近は、こいつを泣かせてばかりだ。本当は、もう泣いてほしくないのに。要反省だな。

「悪い。ちょっと野暮用があって、こっちに帰ってくるのが遅くなった。待たせて、本当にごめんな」

心配させて、泣かせた罪滅ぼしにはならないが、それでも雪乃をしっかりと抱き留める。

「謝ったって許さない！　絶対に許さない！　一生許さない！　死ぬまで恨み言を言い続けてやる!!」

一方、雪乃はより一層強く俺にしがみつきながら、噛みつくように叫んだ。

なかなか目を覚まさなかったことを、相当根に持っているらしい。あまりに強くしがみつかれて、首が少し苦しい。

仕方ないので、降参するように雪乃の肩を軽く叩く。

「さすがに死ぬまで恨み言は勘弁だ。俺のメンタルが持たない。どうしたら許してくれる？」

「本当に許してほしかったら、わたしが『許す』って言うまで、わたしの前からいなくなるな！　ふたりで助け合っていくんでしょ？　最後のそのときまで、きちんとわたしの隣を歩いてなさい！」

「……ああ、そうだな。そうだった。わかったよ、約束する。最後のときまで、俺はお前の隣にいる。もう絶対に、離れない」

俺が返事をすると、雪乃は「……じゃあ、恨み言は勘弁してあげる」と言って、ようやく俺にしがみつくのをやめてくれた。ひとまずは納得してくれたらしい。

体を離し、あらためて向き合った雪乃の顔は赤い。どうやら自分の突拍子もない行動が、今さらながら恥ずかしく思えてきたようだ。

俺としてはうれしい限りだったんだが、それを言うとリアルに噛みつかれるからな。余計なことは言わないでおこう。

それに、今の俺には他に言うべきことがある。俺は、照れ隠しなのかむくれてそっぽを向いている雪乃を見つめ、ゆっくりと口を開く。

「なあ、雪乃。ちょっといいか？」

「何よ、バカ大和」

態度と同じくとげとげしい口調で、雪乃が返事をする。

そうだ。こいつは相変わらず偏屈で、内弁慶で、おじさんの言う通り気難しい。

でも、おじさんたちと同じ心配性で、がむしゃらで、俺のために怒って泣いてくれる優しい女の子。俺にとって、世界で一番大切な人だ。

「――ただいま。それと、これからもよろしく」

だから俺は、想いのすべてを乗せるようにその言葉を紡いだ。この世界から課せられた理不尽な運命を乗り越えた今だからこそ言える、その言葉を――。

それを聞いた雪乃は、さらに顔を赤くした。直前までつっけんどんな態度を取っていたせいか、ここからどうすべきか焦っているらしく、表情がコロコロ変わっていく。

ただ、それも束の間のこと。覚悟を決めたのか、大きく深呼吸をした雪乃が、こちらを向く。

そして――。

「……お帰りなさい。それと――こちらこそ」

最後はそう言って、花開くように素敵な笑顔を見せてくれた。

エピローグ

九月三日、月曜日。

俺の人生で最も長く大変だった夏休みを終え、今日から二学期が始まる。そんな節目の日にいつもより一時間も早起きした俺は、雪乃の家で朝食の準備に勤《いそ》しんでいた。

「雪乃〜、朝ごはんの準備できたぞ〜。支度できたか〜？」

キッチンでフライパンを洗い終え、ダイニングの食卓に着きながら、併せて二階の方にも声をかける。

すると、二階でドアが開く音がし、緊張でもしているかのようにぎこちない足音が聞こえてきた。どうやら、支度の方は終わったようだな。二度寝とかしてなくてよかった。

ただ、階段を下りてくる音はしていたのだが、なかなか雪乃が顔を出さない。不審に思った俺がダイニングのドアの方に目を向けると、雪乃がドアのすき間からこちらの様子をうかがっていた。

「……お前、何やってんの？」

「うっさい！　なんでもいいでしょ」

呆れ眼で訊いてみると、雪乃はつり目気味の目をさらにつり上げてにらんできた。

これ、けっこう久しぶりだな。

そんなどうでもいいことを考えていたら、雪乃はこっちをにらみつけたまま、けれどおずおずとした口調でこう言ってきた。

「……いい？　笑ったら、ぶん殴るから」

「は？　笑う？　何が？」

「なんでも！　とにかく、絶対に笑うな！」

そう怒鳴りつけて、顔を赤くした雪乃がダイニングに入ってくる。その身にまとっているのは私服ではなく、俺が通う山住高校の女子夏服だ。真新しい夏服に身を包んだ雪乃は、所在なさげに前髪をいじりながら、ダイニングの入り口に立っていた。

そう。こいつは今日から、俺や夏希たちと同じ山住高校の生徒になるのだ。運良く欠員補充の編入試験を夏休み中に受けられた雪乃は、過去最高点で試験に合格し、無事に俺たちと同じ二年生への編入を認められたのである。

こいつもいよいよ本当の意味で社会復帰するのかと思うと、感慨深いものだ。感動のあまり、涙が出てきそうになる。

「……何、そのキモい顔。いやらしい。笑われる方がマシだったかも」

感動に打ち震えていたら、雪乃から心をえぐるひと言をいただいた。高校に入ろうが、社会復帰しようが、やっぱり雪乃は雪乃だった。

「へいへい、キモい顔で悪かったな。それよりも、さっさと飯を食え。お前、八時までに職員室へ来いって言われてんだろ？　早めに出ないと間に合わないぞ。それと、明日からはちゃんと自分で朝ごはんを作れよ」

「言われなくても、わかってる。今日だって、作ってくれなくてもよかったのに」

「今日の分は、俺の気まぐれということで。……ああ、それとな、雪乃」

「今度は何よ」

「その制服、似合ってるぞ」

あらためて言うのも恥ずかしいが、当人も気にしていたようなので、正直に褒めておいた。慣れていないせいか、まだちょっと着せられている感はあるけど、実際よく似合っているし。

雪乃は何も答えなかったけど、口もとは小さく笑っていた。

ふたり揃って朝食を平らげ、準備を整えて家を出る。

外は快晴。まるで雪乃の門出を祝福しているみたいだ。この世界も、運命を乗り越えた俺たちをようやく認めてくれたのかもしれないな。

家の門を出たところで、俺は雪乃に向かってそれとなく右手を差し出した。

その手に自分の左手を重ねた雪乃は、からかうような顔で俺を見上げた。

「大和、手が湿ってきた」

「仕方ないだろうが。お前と手をつなぐの、まだ緊張するんだよ。悪いか」

「悪くない。そういうことなら、いい」

そう言って、雪乃がさらにしっかりと俺の右手を握り、歩き出す。

きっと俺たちは、これからもこうやってバカやりながら、ふたりで歩んでいくのだろう。

もう離れない、絶対に。自らの足で立って、お互いの隣をふたりで歩き続ける。

あの病室で誓った約束を胸に、俺たちは光降り注ぐ道をともに歩き始めた。


〈了〉

あとがき

はじめましての方は、はじめまして。はじめましてではない方は、お久しぶりです。日野祐希です。

この度、大変ありがたいことに、スターツ出版様から二冊目の本を出していただけることになりました。他社様での出版作を含めて、これで今年三冊目……。なんだかもう、今後の人生の幸運をすべて使い尽くしていないかと、戦々恐々とする今日このごろです。

とまあ、そんなどうでもいい話はさておきまして、ここからは少し本作についての制作裏話的なものをしていこうかなと思います。なお、微妙にネタバレを含んでいるかもしれませんので、本編未読の方はご注意ください。

今回の『さよならの月が君を連れ去る前に』ですが、私にとっての新機軸、ひとつの挑戦作品となっております。

実は、私のこれまでの出版作品にはひとつ共通点がありまして、〝装丁家〟や〝書籍修復家〟といったように本に関わるお仕事をする人々を主人公にしてきました。

対して今回の物語の主人公は、普通の高校生です。今までとは違うジャンルということで、なんだか新鮮さを感じながらの執筆となりました。

そんな本作のテーマは、〝ひとりではつかめなかった未来も、ふたりでならつかめる〟となっております。

大和と雪乃が運命に翻弄されて苦しみながらも、自分たちはひとりではなかったと気づいていく物語。

ふたりの成長を、皆様にお届けできていれば幸いです。


それでは最後になりますが、お礼の言葉を。

改稿にあたってご指導くださいました飯塚様と田村様、表紙イラストをご担当くださいましたｈｉｋｏ様、その他にもデザインや校正などで本作の出版に携わってくださいました多くの皆様、どうもありがとうございました。

そして、本作を読んでくださいました読者の皆様に、最大の感謝を。最後までおつき合いくださいまして、本当にありがとうございます。

それでは、またどこかでお会いできることを祈りつつ。

二〇一九年十一月　日野祐希

この物語はフィクションです。実在の人物、団体等とは一切関係がありません。

日野祐希先生へのファンレターのあて先
〒104-0031　東京都中央区京橋1-3-1　八重洲口大栄ビル7F
スターツ出版（株）書籍編集部 気付
日野祐希先生

さよならの月が君を連れ去る前に

2019年11月28日　初版第1刷発行

著　者　　日野祐希　©Yuki Hino 2019

発 行 人　菊地修一
デザイン　カバー　徳重 甫+ベイブリッジ・スタジオ
　　　　　フォーマット　西村弘美
発 行 所　スターツ出版株式会社
　　　　　〒104-0031
　　　　　東京都中央区京橋1-3-1　八重洲口大栄ビル7F
　　　　　出版マーケティンググループ　TEL 03-6202-0386
　　　　　（ご注文等に関するお問い合わせ）
　　　　　URL　https://starts-pub.jp/
印 刷 所　大日本印刷株式会社

Printed in Japan

ISBN　978-4-8137-0794-3　C0193

スターツ出版文庫　好評発売中!!

『お嫁さま！〜不本意ですがお見合い結婚しました〜』西《にし》ナナヲ・著

恋に奥手な25歳の桃子。叔父のすすめで５つ年上の久人と見合いをするが、その席で彼から「嫁として不足なければ誰でも良かった」とまさかの衝撃発言を受ける。しかし、無礼だけど正直な態度に、逆に魅力を感じた桃子は、彼との結婚を決意。大人で包容力がある久人との新婚生活は意外と順風満帆で、やがて桃子は彼に惹かれていくが、彼が結婚するに至ったある秘密が明らかになり…⁉　“お見合い結婚”で結ばれたふたりは、真の夫婦になれるのか…⁉

ISBN978-4-8137-0777-6 ／ 定価：本体600円＋税

『探し屋・安倍保明の妖しい事件簿』真山《まやま》 空《そら》・著

ひっそりと佇む茶房『春夏冬《あきなし》』。アルバイトの稲成小太郎は、ひょんなことから謎の常連客・安倍保明が営む“探し屋”という妖しい仕事を手伝わされることに。しかし、角が生えていたり、顔を失くしていたり、依頼主も探し物も普通じゃなくて⁉　なにより普通じゃない、傍若無人でひねくれ者の安倍に振り回される小太郎だったが、ある日、安倍に秘密を知られてしまい…。「君はウソツキだな」──相容れない凸凹コンビが繰り広げる探し物ミステリー、捜査開始！

ISBN978-4-8137-0775-2 ／ 定価：本体610円＋税

『そういふものに わたしはなりたい』櫻《さくら》いいよ・著

優等生で人気者・澄香が入水自殺⁉　衝撃の噂が週明けクラスに広まった。昏睡状態の彼女の秘密を握るのは５名の同級生。空気を読んで立ち回る佳織、注目を浴びようともがく小森、派手な化粧で武装する知里、正直でマイペースな高田。優しいと有名な澄香の恋人・友。澄香の事故は自殺だったのか。各々が知る澄香の本性と、次々に明かされていく彼らの本音に胸が掴まれて…。青春の眩さと痛みをリアルに描き出す。櫻いいよ渾身の書き下ろし最新作！

ISBN978-4-8137-0774-5 ／ 定価：本体630円＋税

『君が残した青をあつめて』夜野《よるの》せせり・著

同じ団地に住む、果歩、苑子、晴海の三人は幼馴染。十三歳の時、苑子と晴海が付き合いだしたことに嫉妬した果歩は、苑子を傷つけてしまう。その直後、苑子は交通事故で突然この世を去り……。抱えきれない後悔を背負った果歩と晴海。高校生になったふたりは、前を向いて歩もうとするが、苑子があつめていた身の回りの「青」の品々が残像となって甦る。晴海に惹かれる心を止められない果歩。やがて、過去を乗り越えたふたりに訪れる、希望の光とは？

ISBN978-4-8137-0776-9 ／ 定価：本体590円＋税

スターツ出版文庫　好評発売中!!

『ラストは絶対、想定外。～スターツ出版文庫 7つのアンソロジー②～』

その結末にあなたは耐えられるか…⁉「どんでん返し」をテーマに人気作家７名が書き下ろし！スターツ出版文庫発のアンソロジー、第二弾。寂しげなクラスの女子に恋する主人公。彼だけが知らない秘密とは…(『もう一度、転入生』いぬじゅん・著)、愛情の薄い家庭で育った女子が、ある日突然たまごを産んで大パニック！（『たまご』櫻井千姫・著）ほか、手に汗握る７編を収録。恋愛、青春、ミステリー。今年一番の衝撃短編、ここに集結！

ISBN978-4-8137-0723-3 ／ 定価：本体590円＋税

『ひだまりに花の咲く』　沖田《おきた》 円《えん》・著

高２の奏《かなで》は小学生の頃観た舞台に憧れつつ、人前が極端に苦手。ある日誘われた演劇部の部室で、３年に１度だけ上演される脚本を何気なく音読すると、脚本担当の一維《かずい》に「主役は奏」と突然抜擢される。“やりたいかどうか。それが全て”まっすぐ奏を見つめ励ます一維を前に、奏は舞台に立つことを決意。さらに脚本の完成に苦しむ一維のため、彼女はある行動に出て…。そして本番、幕が上がる──。仲間たちと辿り着いた感動のラストは心に確かな希望を灯してくれる‼

ISBN978-4-8137-0722-6 ／ 定価：本体570円＋税

『京都花街　神様の御朱印帳』　浅海《あさみ》ユウ・著

父の再婚で家に居場所をなくし、大学進学を機に京都へやってきた文香。ある日、神社で１冊の御朱印帳を拾った文香は、神だと名乗る男につきまとわれ…。「私の気持ちを届けてほしい」それは、神様の想いを綴った“手紙”だという。古事記マニアの飛鳥井先輩とともに届けに行く文香だったが、クセの強い神様相手は一筋縄ではいかなくて⁉　人が手紙に気持ちを託すように、神様にも伝えたい想いがある。口下手な神様に代わって、大切な想い、届けます！

ISBN978-4-8137-0721-9 ／ 定価：本体550円＋税

『星降り温泉郷　あやかし旅館の新米仲居はじめました。』　遠藤《えんどう》 遼《りょう》・著

幼い頃から“あやかし”を見る能力を持つ大学４年生の静姫《しずき》は卒業間近になるも就職先が決まらない。絶望のなか教授の薦めで、求人中の「いざなぎ旅館」を訪れるが、なんとそこは“あやかし”や“神さま”が宿泊するワケアリ旅館だった！　驚きのあまり、旅館の大事な皿を割って、静姫は一千万円の借金を背負うことに⁉　半ば強制的に仲居として就職した静姫は、半妖の教育係・葉室《はむろ》先輩と次々と怪異に巻き込まれてゆき…。個性豊かな面々が織りなす、笑って泣けるあやかし譚！

ISBN978-4-8137-0720-2 ／ 定価：本体610円＋税